人類は自ら生存が
出来ない世界を作った

再び蘇る事は無い

奇快人

KIKAIJIN

文芸社

まえがき

奇快人が著したこの本の出版が出来るかどうか小生には判らない。何故ならば多分、天国なる故郷に帰って居るからだ。

二〇二一～二〇二三年の間に書いた文章は人類について、そして人間、人生について俗欲、金銭、損得、その他諸々の凡《あら》ゆる欲望なる世界を脱出した奇快人の、人類なる人間共に対する最後の遺言であってメッセージである。屍で生きて居る奇快人が現世、浮世の世界を脱して天国から神眼、心眼をもって真実を描写したものだ。

小生は八一歳の手前で病魔君と同居する事になった。医師は治る事は無いと宣言している。この時点で人生を終了にしたいと考えた。それから四年と五ヵ月弱が経過して辛うじて生きて居るが、屍、死体が生きて居るのと同じだ。毎日そして何時も生きて居たいと思って生きて居ない。「死なる現実」と対面して生きて居たくない世界に居る。

人間共は「生きて行けない世界」を作った。現在、生存して居る地球人八〇億人は誰一人として考えて居ない。

「人類は生存してはならない存在だ。だからその存在を止めるべきだ」
ショーペンハウアーの名言だ。

人類は許されざる存在だ。人生は災難である。人間として存在している限り人生は始まりからお終《しま》いまで「苦界、苦の世界」だ。これは天上天下すべて人間共は人間として生きて居る限り万人に共通する公理だ。

王様も名家、名門、大富豪、大地主、その他人間界の全ての人間共に「お終いは必ずやって来る」。どんなに煌《きら》びやかな生活も過ぎて仕舞えば「一場の夢」に過ぎない。頂点は一瞬の出来事でしかない。頂点に立って仕舞った人生は本当に仕合せ、幸福なのだろうか。

庶民の側から視れば羨望の世界である。頂点に達しての僅かな年月の代償は計り知れない負の世界があるのではなかろうか、と奇快人の小生は考えて居る。世界はどうしてなかなか合理的に出来ているのだ。現在の人類なる種族は「明日なる未来が無い」状況下にある。「生きて行けない世界」を自らの手で作っているにも拘わらずその様な認識が全く無い。人間共は賢くない、愚かである事を証明している。

文明社会の進化、進歩と能力、知力、知恵の進化は、それに反して退化して正常に戻れない事にもなる。人類の現実は今なる今日も奇快人流に表現するならば、実は絶滅しているのと同等なのだ。何時までも明日なる未来が続き存在すると全員が思っている。だから気楽なもので絶えず戦争や争い事なる悲惨な宴《うたげ》を演じて居られるのだ。戦争や争い事をして居られる間が人間共にとって良い時代なのかも知れないのだ。

戦争をしたくても戦争が出来ない事態は目前に迫って居る。戦争も大好きな金銭、マネーも単なる紙切れになって初めて愚か者も自らの巨悪に気付く筈だ。気付いた時には人類なる種族が消えて居なくなる日となるのだろう。

「明日なる未来が無い」そして「生存が出来ない世界」を作って自らが自らの手で追放して墓標を残すのみだ。

二〇二三年九月一日

岩石院独行正道居士こと奇快人

目次

現代社会と戦争を論ず

デジタル化の前途

二一世紀の今はデジタル時代になりデジタル化が急ピッチで進んでいる「全ての事象の頂点」がデジタル化で「人類が地上に居られなくなる日」最終時計の秒針が止まる日と軌を一つにしている

デジタル化、デジタル時代は人間共が人間である事を自ら否定するのと同じだ。人類なる種族は人間が持つ一つの特性である過去や未来を考える唯一の動物だ。

デジタル社会は人工知能ＡＩが人間の考える能力を著しく低下させる。人類なる種族は地球上に生存が出来ない世界を作って自らの存在を否定した。進歩という魔力に惹かれて前進するのが王道と考えて、「行ってはならない頂点」に達して、残されるのは自滅があるのみだ。自力で生きられない、自力で考える事が出来なくなった人間共はもはや人間ではない。

文明社会を作って豊かで便利そして快適な生活をしている。異論を唱える人間は一人も居ない。人類にとって大成功と考え、思っている。自ら作った果実は美味しいものだ。美味しい果実が暫くして毒である事実はかなりの時間差があって、気付いた時は後の祭りで平時に戻るのは叶わない。人間共の強欲は自滅するのが宿命である証《あかし》なのだろうか。

人工知能ＡＩは人間界でこれから普及して人間共の考える本能を奪って、人間が人間で無くなって行く世界を先導して行く事になる。デジタル化は加速して多くの分野で活躍するのは必至だ。

人間が作らない小説その他、音楽分野では作詞、作曲、動画もＡＩが行ってくれる。国会答弁の原稿もＡＩが作って呉れる。ＡＩは愚かな人間を底なしの愚か者にして案内してくれる、名ガイドである。

人間共は進歩すればするほど愚かさだけが増幅して滅び行く運命なのだ。進化、進歩が前進する程その反作用は大きくなって、自滅への時間を早めるだけだ。デジタル化もその根元《こんげん》を辿れば、そこに有るのは、「金権、拝金主義」だ。諸悪の元は金権、拝金となる。資本主義なる経済システムが、金儲け最優先、効率第一主義が王道となって辿り着いたのがデジタル化である。

デジタル化は、人間の考える本能を奪い人間が人間でなくなるのと同じだ。二一世紀の現在はマネー、お金が愚かなそして強欲の人間共を支配下に置いた。人生も多くの人々がその生涯をお金、マネーに翻弄されているのですぞ。

お金、マネーに支配されている世界が存在して居られるのは、多くの奇跡に依って守って貰っているからだ。これは人間共が戦争をして居られる今の世界と一対と考えるのが良い。戦争も、お金、マネーも間もなく何の如何なる役にも立たない存在になって、本物の自滅への幕が開くのだ。

人類なる種族のお終いは、デジタル社会を作って「堕落の頂点」に達して仕舞った。戦争をしたくても戦争さえもできない世界、そしてお金、マネーも何の役にも立たない世界を誰もが考えて居ない。

その様な世界になって自らが掘った巨大な墓穴の中に自ら入って、愚かな人類なる種族は目出度く天国に戻って行く運命なのだろう。


（二〇二三年六月二〇日）

温暖化の危機的状況

人類なる種族は今なる今「死界、死滅世界」と同じ位置にいる温暖化なる悪魔君を育て自らが悪魔君に依って仕置きされる運命だ

人類なる生き物は如何なる存在であったのだろうか。

愚かで欲の塊で、そしてある面では滑稽な生き物だ。人間共が人間共の為に作った世界で人間共は仕合せ、幸福な世界を作るのは不可能なのだ。「不条理、矛盾」の世界である人間共の住む世界は、愚かな人間共が自ら演じる悲惨な宴で、人間共が存在する限り際限なく続くだろう。

自らが主催して「苦界、苦の世界」を主導して今の世界がある。欲得が中心になって理性が無くなって蘇らない。従って戦争や争い事は無くならない。苦労する人達を作るのは同じ仲間の人間共だ。苦の元を作るのも同じ人間共だ。だから人間共は罪人でしかない。

人類は二〇万年の時間、年月をかけて「動物として人間として生存が出来ない世界」を作って仕舞った。

しかしだ、世界中誰一人としてその様に考え思っている人間は居ない。明日なる未来そして一ヵ月、一年、一〇年、一〇〇年と未来が存在すると考えて居る。未来があって当たり前が常識となっている。人間達の愚かさを証明しているではないか。二〇万年の年月をかけてひたすら前へ前へと前進するのに夢中になって突っ走って来た。進化、進歩はその何倍もの負の代償について計算が出来なかった。賢くないからだ。

「死界、死滅」している世界について、ここで改めて分析し考えてみる事にしよう。既に奇快人の小生が何度も指摘した様にニッポンも含めて世界中が亜熱帯化している現状がある。世界中の全ての国で七月は大気温度が観測史上で最高になったと発表されている。海面の温度も同様で最高値を更新している。

この温暖化現象が顕著になって来たのは三〇年位前からだ。小生が三〇代、四〇代の頃はこの温暖化なる言葉は無かったのだ。現状のニッポンは世界中で最も早く温暖化が進んで亜熱帯化している。日本の四季は無くなって夏が八ヵ月、冬が二ヵ月、春秋が二ヵ月の様相になっている。

亜熱帯化するとは如何なる事なのか。簡単にいえば大雨の降る地域と干ばつで雑草一本も生えない地域に二分される。日本でも日中の最高気温が沖縄から北海道まで平準化して同じ様になっている。緯度も南北の距離も関係なく一体化しているのが現状なのだ。北海道でも九月中に冷房が必要になっている。

七～九月の三ヵ月間は日中の最高気温が三五度（摂氏　以下省略）以上の猛暑日が多い。そして気温三八～三九度が多くの地点で観測されて亜熱帯化が急速に進んでいる。早朝でも二七～三〇度の日が多くて最低気温も二五度を上回って生活がしづらい毎日だ。

温暖化に依る気候変動は気温の急上昇に依って発生し、全生物の生死を左右する。温暖化現象は既に七合目から八合目に達していると考えるべきだ。頂点の手前で「死界、死滅」の世界となるのは必然だ。

温暖化なる悪魔君を生み育て成長させたのは人間共だ。この悪魔君は巨大なエネルギー、パワーを持っている。頂点に達して仕舞う手前で人類なる一族は、地球なる大地の上から消え去っているだろう。

この温暖化になる前から人間共は常軌を逸した狂った世界を作って、その世界が平常化した状態が当たり前の中で生活をしている。悪魔君が大活躍する前に人間共は自らが悪魔君になっていたのだ。この様に考える人間共は世界広しといえども奇快人のみですぞ。お判りかな。

さて、これから温暖化なる悪魔君について詳細に観察して行く事にしよう。初めに日本について考えてみる事にしよう。

日本は世界中の先進国の中で最も早く亜熱帯化した国になって居る。毎日NHKで世界主要国都市の最高気温について報道する。最も高い気温は東京が一番多くなっている。世界中が亜熱帯化して大干ばつ地域と大雨が降る地域に二分されて、全生物の生存が困難になって仕舞うだろう。

我が国ニッポンも明らかにその兆候がみられる。この二、三年は大雨警報、記録的短時間大雨情報が絶えず発令される。そして土砂災害警戒情報も出る。温暖化の影響で最近は竜巻情報が何時も発令される様になって来た。同時に突風、雷の情報も出る。気象庁は何時も命を守る行動を優先する様に要請している。これまでに無かった表現を使って警告しなければならない状況になっているのだ。

政府はマグニチュード7~9位の巨大地震についての防災対策を最も重視して施策を練っている。実は奇快人の小生が既に指摘した様に温暖化に依る「風水害」は巨大地震よりも遥かに大きなエネルギーと力を持っているのだ。

この様な認識は余りにも一般化されておらず、反省すべきであると考えて居る。「風水害」

とは雨量と風の強さだ。雨量も風の強さも上限がある訳ではないからこれ程、恐ろしい存在はないだろう。この風水害について奇快人の持論を展開して行く事にしよう。

人類が築いた文明社会は「砂上の世界」でこれ程、脆弱な世界はないのだ。「風と水」でいとも簡単に崩れて仕舞う存在でしかない。日本での時間雨量最大値は新潟県で一四九ミリメートルとなっている。最近は一日の雨量が四〇〇～五〇〇ミリが常態化している。時間当たりの雨量が二〇〇～三〇〇ミリとなったならば、如何なる事態が生じるのか。考えた事が有るだろうか。これまで人類が経験した事がない事態が発生して人類も他の多くの生物も生きられなくなる。

雨も風も人間共が想像も出来ない巨大なパワーと力を有して居る。人間が作った文明社会などは瞬く間に崩壊させるだけの巨大なエネルギーだ。雨量が二〇〇～三〇〇ミリでも文明社会の機能が停止状態となって、いとも簡単に人間共は「死界、死滅」となるだろう。大量の雨量は建物を破壊し流出させるだけでなく、発電所や浄水場などを大量の土砂で埋め尽くして文明社会の「有って当たり前」を排除する。従って即、人間共は生存が出来なくなるのですぞ。

水没地域が広大な面積となって長く続くと植物も生きられない。地上の酸素の供給が止まって五分も生きられない。大地が長く水没すると食糧も生産が出来ない。この様な事態を人間共は経験した事がない。経験した事のない事態についての人間は余りにも無知だ。利口に見えても所詮はその程度の能力でしかない。

水没そして乾燥地帯に二分化された世界は「有って当たり前」の大地が無くなる事だ。地上の生物は植物も動物も全ては大地が有る事に依って可能となっている。

人間共の大好きな戦争なる殺人行為も全て大地が有るからですぞ。温暖化は欲の制御が出来なくなって人間共が自ら進んで作った悪の像だ。全てに「お終いは必ずある」。想像しようがしなかろうが現実なのだ。

亜熱帯化するとは大地が無くなるのと同じ効果を及ぼして、全てがお終いを迎える事を意味する。篤と考えて欲しいものだ。大地が無くなるなどと考える輩は世界中で唯一人、奇快人のみですぞ。

毎日が命日だ。人生のお終いの死、命日は人生で最大の良きオメデタイ日だ。死と対面して対話して生きて居る奇快人だから真実が視える。この原稿がお終いの遺稿となると考えて居る。

風水害についてもう少し記しておく。大量の雨は、広大な面積が土砂や大きな岩石などを含めて、五～一〇メートル又はそれ以上の水位に達すると考えられる。電柱、送電塔そして建物が土砂の中だ。その様な世界が現実になって仕舞うだろう。雨量が最大限になった世界は天から空から大河が大地と繋がっているのと同じ状態ですぞ。

地球人の中でその様な発想を有する人間は一人として居ない。一人だけは居る。この遺稿を書いて居る奇快人だ。

風についても記してみる。風の強さは秒速で表される。雨も風も現在の様な異常な状態になる前ならば、即ち文明社会が出来る前であったならば巨大エネルギーとはならない。現状は全てがアベコベ、逆さま社会となっている。

依って風も巨大なエネルギーを発揮して「砂上の文明社会」を一日あるいは数日で破壊して仕舞うのだ。秒速一〇〇メートルの風速が数時間、一日二四時間で文明社会は破壊されて「死界、死滅」世界の完成となる。秒速一〇〇メートル、或いはそれ以上の風速は建物も森林、樹木も薙ぎ倒して全生物は生存の場所が無くなり、絶滅しか残された道はない。

世界に目を向けて眺めて視ると人間共の余りにも憐れでその愚かさに驚かされるばかりだ。世界を動かしているのは政治屋なる馬鹿殿共で賢者は一人として存在しない。超大国の同じ穴の貉《むじな》に過ぎない。賢くない人間共が実は賢いと考えて居る。根本的に間違っているのだ。今日なる一日も明日なる一日も未来なる現実が無になっている事実を察知できない。

雨量と風速の両方が連動して発生するのが台風だ。マグニチュード8~9の巨大地震は概ね一〇〇年に一度位である。それに対して「風雨」は一年三六五日、絶えず発生するのでその被害は計り知れない巨大なものとなって、時に依っては数時間、数日間で「死界、死滅」世界の完成となるだろう。

太陽の表面での太陽風は秒速で一〇〇〇~二〇〇〇キロメートルにも達するのだ。人間共の想像力などはたかが知れているのだ。自然界は人間共の想像力を上回る巨大なエネルギーを有して居る。世界中で発生している大規模な山林火災そして大雨に依る気象災害は如何なる事を警告しているのだろうか。

近未来に姿を現す「死界、死滅」世界の徴候なのだろうか。現状の世界では多くの地域、国で戦争が多発し行われている。人間共が大好きな殺人ゲームを終了させる機会を与えて呉れるのは温暖化なる悪魔君に依って成し遂げられる可能性が大だ。

毎日が命日になっている現実を知らない。未来が永劫に亘って続くと考えて居る。だから戦争をしていられる。最後のお終いまで欲呆け、金呆けで愚かさに気付く事もなく銭、マネーの勘定でもして全てを終わるのだろうか。

世界中の政治家達はこの温暖化に対する危機意識が殆どない。現状の世界で発生している気象災害を眺めて視ているにも拘わらず。場合に依っては明日にも「死界、死滅」世界になったとしても何の不思議もないのですぞ。

大好きな戦争を無くし、そして止めて呉れるのは自らが作って育てた温暖化なる悪魔君とは実に皮肉なものですね。


（二〇二三・九・二一）

世界の中の日本

戦後七八年間という短時間で日本人は有史以来保持して来た美徳の全てを放棄して世界一の堕落国家となった。再度また改めて日本人の現状なる姿と過去を較べて再生ができるのかどうかについて考えてみた

始めに日本人の国民全体像を描いてみる事にする。

端的に表現するならば皮相人間ばかりだ。皮相人間とは「中身の全く無い人間」を指す。皮相人間が集まって皮相社会を作っている。全体像で眺めて視れば黄昏領域の中で右往左往している。即ち暗黒領域の世界である。

日本人は「形式文化、形式美」の世界だ。その為に国民は「形式人間の集団」となる。奇快人流に表現するならば「即席ラーメン国民」という事になる。包装、ラベル、中味、味、価格の全てが同じで区別がつかない。他人と同じ事をしているのを好む、他人と違った行動や言動はしない、目立つのが嫌いだ。その為に他人を注意深く眺めて空気を読みたがる。従って「忖度社会」に必然的になって仕舞うのだ。

日本人は総じて変化を嫌う。特に急激な変化は出来ない。どの様な制度でも一度決めたなら何時までも守りたがる。変更する場合は三～五年、一〇年の年月を掛けてゆっくりと行う。国民全体が日本は先進国の一員で民主主義の国だと思っている。実態は民主主義なる名称は立派に存在しているが、内実はどうか。言ってみれば仮性民主主義となる。民主主義が健全に育つ事がなかった。そして気付く事もなく現在が在る。

戦後から七八年になる。この七八年なる年月は世界も情勢が激動していて、二〇万年になる人類史の中で特異な意味を持っている。形式文化、形式人間集団の日本では他国では考えられない多くの習慣やしきたりが、今も当たり前で通用している。日本人、形式人間集団の特徴で全員が如何なる疑問も抱かない。ある面では日本に於いては非常識が常識である。依って常識が非常識になっている。

日本の堕落の一つは民主主義が正しく認識される事なく日本流に解釈されて今日に至っている。アメリカなる親から贈り物を得て後生大事にして来た日本の民主主義は、自ら国民が多くの血を流して大きな犠牲の上に獲得したものではない。その有難さが判らない。戦争に負けた事に依って日本は七八年間、親で保護者である米国の愛犬、忠犬ハチ公に成り下がった。米国なる親に忠実に従っているのが正義となって今日も同じだ。

日本人は自らの尊厳に対して自信を持っていない。自己主張を好まない。従って自己主張は出来ない。「長い物には巻かれろ」「出る杭は打たれる」、始めから敗北を宣言しているのと同じだ。その様な訳で米国なる親に対して忠犬でいるのが絶対的な不動の正義となったのだ。

米国なる親が何時までも親として子供の面倒を見て呉れると信じている。主体性を持たない国民は世界中で珍しいのだ。そして去勢された国民集団となっている。

米国を始め西側先進国、英国、仏、独、イタリアなどの国民は個人の権利意識を強く保持している。米国、英、仏などでは制度の改革は大変なのだ。労働者は何時でも大々的なストライキを敢行して対抗する。交通関係から警察、また時には消防までもがストを強行するのが常だ。

それに較べて日本人は飼いならされた羊で反対運動などは絶対に発生しない。去勢され腐って仕舞った根性は元に戻らない。ミャンマー、台湾、タイなどで発生した様な抗議デモは我が国ニッポンでは起き得ないだろう。

毎年、春闘が行われる。春闘なる名前のみが存在しているだけで、単なる労使の話し合いでしかない。そしてシャンシャンと手打ちで目出度く妥結となる。

ストは絶対に起きない。全国民が去勢されて回復する見込みはないので、政府にとっては真《まこと》にもって好都合となる。飼い慣らされた子羊達は従順なのだ。子羊達の全部が皮相人間の集団だ。拝金、金権のみは全会一致の損得人間、算盤人間でしかないのが残念に思う奇怏人ですぞ。

多くの国で国民が政府、権力者に対して抗議活動を行っている。自らの命を懸けてのデモも沢山ある。正義の為に、自分達の権利を守る為の心が存在しているのは、国民が健全な精心を保持している証拠である。日本人の思想、考え方、行動形態の多くは無意識の内に「形式」に則って当たり前に行われる。この現象は政、官、財、民すべてに共通の法則になっている。

政治の世界について眺めて視ると良く分かる。今は一八歳以上になれば全員が一票の投票権がある。立派に民主主義の形は整っている。国会議員以外の県知事、市長選、市議、町議選での投票率は平均すれば三〇パーセント前後に過ぎない。七割位の住民が投票に行かない。即ち民意を表す事をしていない。そして当選者の三、四割は無投票で当選している。民主主義は実質的には無いのだ。

にも拘らず誰もが矛盾を感じない。国民全員が同じ「形式」集団だからですぞ。日本人、日本国民は「形式文化、形式美」の形式から脱出するのは困難だろう。デジタル時代の今日も一〇〇年前も変わって居ないからだ。

国会議員を含めて自公推薦でなければ殆ど当選しない。野党が多く存在するが「力量」が全く無い。存在するだけで自公政権に対して注文を付けるだけで、如何なる力も無い。政治に対する理念、思想が無い。従って野党は自公政権に対して友党の様な存在でしかない。

自公政権も野党議員も「形式人間集団」の国民が、一度当選すれば終身議員を保証してくれるので、生涯を安心して暮らす事が出来る。全ては国民の責任ですぞ。

民主主義なる名目での自公政権はこれからも長く続くだろう。徳川封建社会での身分制度が自公政権に受け継がれたと同等なのだ。篤とお考え願いたいものだ。徳川封建社会は身分が末代まで保障される事に依って秩序を保って来た。即ち「世襲制」である。自民党議員の大半は世襲議員だ。世界中で五〇〇年間、長期間に世襲、身分制度が存在するのは日本だけだ。そして尚一層不思議なのは全員が当たり前と思っている。

だから奇快人の小生は奇妙な国、けったいな国と称して来たのだ。世襲国会議員は一度当選すれば犯罪でも犯さない限り、形式人間の国民が身分を保証して呉れるので終身議員となって生涯に亘って生活は安泰になる。極論するならば沢山の税金を使っての選挙などは無用であると考えた方がよい。形式人間集団の日本では充分に通用するのではないかと小生は考えていますぞ。

「形式社会の中の形式人間」その様な訳で日本は世界の強国と戦えば全敗は必至である。仮にも日本がウクライナと同じ状態になったとしたならば、早ければ一週間、長くても一ヵ月位で降参するのではないかと考えているが如何なものかな？　国を問わず世界共通の正義さえも蔑ろにして政、官、財、そして国民全体が損得人間、算盤人間となっているのが現在の姿である。

正義も義理人情も報恩の心や精心が失われて仕舞ったのは戦後になってからだ。この五〇年位の間に日本人は日本人としての誇り、そして日本人としての良き文化、伝統を忘却の彼方に放り出して「人生の着地点、目的地が拝金、金権」になった。通貨なる物質の奴隷に自らなって「自縄自縛」の世界に居る。正義や義理人情を忘れ拝金、保身のみを大切にして去勢された国民となっている。

現状は皮相人間ばかりであるから些かの疑問も矛盾も感じる事は無い。何しろ自力で考えるのも放棄したからだ。黄昏領域、暗黒世界の中は何もかも全てが逆さま世界となっている。正義は悪だ。悪が正義だ。義理人情、報恩、他人に対する思いやり、優しさなどは不要、無駄になって仕舞っている。

人間共の世界のどの分野でも王道は唯一つ損得、金、マネーの算盤勘定が独占している。金毒は全国民一〇〇パーセントに浸透して金毒中毒は衰える事はない。全国民が形式人間集団であるから金毒中毒なる認識が出来ない。王道なる道は消失して非道が正道になっている。この様な世界を元に戻すのはもはや不可能に近い。地球人、人類なる種族は本来ならこの地球上に存在してはならない存在でしかない。

地球人、人類なる種族は今日なる今を生きて居る事実が奇跡であるのに気付かない。故に感謝する事が出来ない。真にもっての愚か者で地球号なる宇宙船から全員が下船するまで続く事になる。

明治時代には今の日本人から見れば考えられない偉大な、そして巨人達が綺羅星の如く存在して居た。奇人、変人、怪人そして狂人ではないかと思われていた人達が居たのだ。拝金、金権、金毒と無縁の世界があった。

明治の思想家中江兆民は「日本人は古来から哲学が無く今も無し」と言っている。そして、日本人は金銭勘定には敏感だが哲理、信念がないと嘆いている。英雄、豪傑よりも知の巨人が必要だと説いている。正に名言である。

日本の国民が堕落した大きな要因の一つが、民主主義と自由を履き違えたのが原因と考えられる。民主主義の二大重要事項は個人の人権と表現の自由を保障している事だ。法に抵触しなければ、全て如何なる表現も自由でなければならない。堕落の根元を成している。山本玄峰禅僧は「人に親切、自分に辛切、そして法に深切」と説いている。篤と考えて欲しいものだ。自由という名の自由が堕落の大元である事実に誰も気付かない。堕落が正常になっている。

堕落と拝金、算盤人間は一本の線で直列に繋がっている。日本社会での堕落の象徴は二四時間放映される映像の中で見る事が出来る。堕落世界では多くの事象が逆さまになっている。偽物が本物に化けている。偽物が本物で本物が偽物になっている。アベコベ、逆さま社会が平常なる姿に化けて仕舞っている。そして全員が「形式人間集団」の日本では疑問に思う人間は居ないのだろう。

自分だけの保身、自分だけの利益、利己主義が唯一つの王道、正道となっても反省もしないし考えもしない。以下に堕落の中味を分析してその全貌を明らかにして行く事とする。「歌を忘れたカナリヤ」ではないが人間としての誇りを忘れて恥を恥と思わない、恥を掻いて居るのが平常である日々を送っている。一度だけの人生を真っ当に生きられない。憐れで愚か者のままで生涯を過ごすぞ。

民放はほぼ二四時間映像を流している。まともな正常の国民が眺めて視たならば、この様な番組やコマーシャルを視てこの国は狂人に違いないと思う筈ですぞ。二四時間一日中、毎日三六五日、放映する映像を作らなければならない。良い作品などは望むべくも無いのが現状だ。

刑事もの、事件を扱うドラマはかなり多い。同じ名称の事件ものの多くが一〇～二〇年とシリーズ化されて継続されている。事件を扱うドラマでは実社会の犯罪の全てが描かれている。テレビ映像の中での殺人現場が生々しく描写されて凡ゆる殺害方法を教えてくれる。現実社会で起きている世界とテレビ映像世界が鏡に映っているのと同じだ。一〇代、二〇代の多くの国民が視ているテレビ映像が犯罪を教唆しているのではないか。

形式人間集団の日本では総理大臣からホームレスまで全員が即席ラーメンだ。如何なる矛盾も疑問も感じない。その他番組、バラエティー、トークショー、食べ物を材料にした大食い大会、グルメ番組などで演じられる狂態は如何なるものか？　狂気が正常で正常が狂気になっている国ニッポンは、一人前の国として評価が得られているのだろうか。

形式社会のニッポンではいつも同じメンバーが五人、六人と並んで絶えずテレビ画面に映っている。大笑いして手を叩いて騒いでいる俳優、タレント、その他、多くの人間達は何も考えないのだろうか。多くの出演者は知名度が抜群の有名人だ。恥ずかしいとか恥などの文字は、彼等は知らないのだろうか。お金、マネーのみが命だと考えているとしか思われない。

世間もその様に考える人達しか居ない。自分もそうなりたいと思っている人達の方が大勢であろう。何もかもお金、マネーが命よりも大事なのか。狂った世界は狂っている事に依って成り立って居るのだ。

民主主義の根本なる自由、その精心が正しく理解されずに拝金、金権そして金毒汚染を国の隅々まで行き渡って堕落世界を作っている。大企業、中小零細企業、そして国民も国も基本的には金権、拝金主義が目標、着地点になって仕舞っている。

本来、自由なる概念は貴重で尊厳を有して居なければならない存在だ。法に触れていなければ全て良し。この考え方が間違っている。正義、良心、節度、道徳、倫理観などは思慮の圏外に吹き飛ばして堕落世界が出来ている。現状の日本は大企業も中小零細企業、個人も肝心の節度なる考え方が全く無い。人生がお金、マネーに支配される社会になって人間が人間としての価値や意義を放棄して皮相人間に成り下がったのだろう。

テレビの映像を視ればもはや救い様のない愚かで情けない世界が二四時間放映されている。コマーシャルでも小学生の低学年生が演じる広告はなかなかどうしてユニークで溌溂で新鮮に映る映像もある。児童は金毒とは無縁なので無欲、無心だから視聴者には好感が持たれ宣伝効果は大きい様だ。

それに較べて働き盛りの若者、青年達、全国誰もが知って居る有名俳優そして七、八〇代の老俳優もどんな宣伝にも出演して怪しげな広告を真実味のある商品に見せかけてくれるのは如何なものか。その御年でお金、マネーのみに関心があるのはその様な思考をしているのだろうか。伺ってみたいものだ。

能力の有る無しに拘わらず、有名人は広告宣伝をする側にとっては便利で重宝だ。お金さえ出せばどんな事でも演じて呉れる。利用価値は大きいから使用する元横綱も歌舞伎俳優、落語家もスポーツの世界での有名人、その他著名人も、お金さえ入手できるなら法に触れないで犯罪以外は何でも引き受けて呉れて便利屋そのものだ。

広告の世界では化粧品、健康食品が両横綱だ。そして保険もかなり多い。保険の宣伝では有名人などが病気になって保険に加入して居ればまるで金儲けになる様な表現さえある。葬儀も結婚式も全てが金儲けの材料として企業化されている。病院も金儲けに熱中しているので広告に力を入れている。神社、お寺も今やなりふり構わず金儲けに集中している様は堕落世界の日本の象徴だ。

墓地を運営する企業は大型の墓地を開発して販売促進に励んでいる。ペットの墓地、樹木葬、永代供養などなど迷言を並べて商売に夢中だ。テレビコマーシャルに出演している人達はどの位いるのだろうか。数千人はいるのではないかと奇快人の小生は考えている。若い働き盛りの男女、初老から老人まで何時もそして絶えず笑って踊って走り回って楽しそうにしている様は正気なのか狂気なのか考える事が有るのか無いのか。

日本社会は狂気の世界だ。狂気の中は狂気でなければ生きて行けない。正常は許されざる存在になっている。自由に対する考え方の履き違えが堕落世界を作った。仮に中国ならば日本の番組などは放映されないだろう。凡ゆる殺人現場を毎日お茶の間で見て喜んでいる日本人は如何な人種なのか。

ニッポンが狂った社会になったのはこの五〇年位前からだ。人口も少なく貧しい生活をしていた時代は心が豊かな時代であった筈だ。誰もが貧しいのでお互いが助け合う、信頼する、相互扶助で生活が成り立っていたからだ。家族そして一族が団結して信頼して全てを守ってきた。貧しい時代は犯罪などは稀にしか起きなかった。子供の頃から誰もが労働の一翼を担っていた。「働かざる者 食うべからず」の世界があった。

だから犯罪は少ないし起きようがなかったのだ。我が国ニッポンでは民主主義が民主主義になっていない。選挙も形だけは民主主義になっている。政、官、財、そして上は総理大臣からホームレスまで全員が、「形式人間」だ。

日本以外の諸外国では政権が交替すれば政策が一変するのが常道だ。ニッポンでは政権の交替はないので総理大臣が変われば政権の交替と同じ様なものだ。総理大臣が交替して新しい内閣になっても何の変化も無い。どの新総理も前総理の政策を継承すると表明するのがしきたりになっている。形式世界では型通りにするのが無難であって王道なのだ。トップの名前が変わるだけで如何なる変化も起きない。政権をささえているのは自公連立の徳川封建身分制度的政権だからですぞ。

二〇二三年四月の地方選挙では約五〇パーセントが無投票で当選している。知事を含めて市長、町長などの平均投票率は三〇パーセント位だ。七割が投票をしない。民主主義など実は存在していない。

三〇〇年前に刊行された『ガリバー旅行記』の中で作者のジョナサン・スウィフトは三人の王様について記述している。三人の王様は、王家は腐敗しているから存在が出来ている。従って能力の有る人を登用した事はない。もう一度王様になっても方針を変える事はないと明言している。徳川封建身分制度的自公政権を維持できているのは、腐敗に依って長期政権が保たれていると考えるのが妥当だろう。

日本の社会は子供から一人前の大人に成り損なった大人達に依って出来ている。幼稚園と同等のチルドレン社会でしかない。人生が金権、拝金が支配して自力で生きられない。そして自力で考えるのも出来ない存在だ。如何なる「狂った世界」もお終いのない始まりはない。

間もなく宴はお終いを迎えて宴の後の後始末は大変ですぞ。欲呆け、金呆け、金毒中毒からの脱出は出来そうにない。一流の大企業も零細企業も金儲けが唯一つの正義であり王道になっている。

健康サプリメントなる商品も一社が開発しヒット商品になると二匹目、三匹目のドジョウを狙って続々と参入してくる。他社との違いを強調して大々的な宣伝を開始する。宣伝効果は自ら作った作文なので絶大となる。誰もが知って居る有名人がその後押しをして呉れる。恥なる文字を忘れて仕舞った日本人、節度なる良心も全て捨てても何も考えない。一億の国民は全員が「形式人間ばかり」だ。

初めに触れた様に日本人社会は皮相人間が集まって皮相社会を作っている。黄昏領域、暗黒世界の中で存在している。狂気の世界の狂気なる人間共。全員が即席ラーメン民族で如何なる疑問も矛盾も認識できない。政、官、財、国民も学者、ジャーナリストなど全員が形式人間で変わりようが無いのだ。

物質文明社会はほぼ頂点に達して、人類なる種族は豊かで便利な生活をしている。文明社会が齎《もたら》す利便の世界は、超不便と裏と表である事実に気付かない。「砂の上の世界」と同じだ。実は簡単に崩壊して仕舞うものだ。

「砂上の世界」は人間が人間としての美徳の全てを失わす。人間が人間を否定する世界を作っている。現代人の堕落は人間共の声の変質に依って見事に表現されているのだ。前著の中でも触れたが、皮相人間の社会では「男が居なくなった 女も居なくなった」と奇快人の小生は主張して来た。男おんな、そして女おとこ達になっている。男女の声を聞いていると良く理解できる。

女達の声は年々、野太く男共にますます近づいて居る。声は第二の色気とも言われて女達の魅力を形作って来た。明治、大正、昭和の戦前までの歌手の声を聞いているとその落差には驚くばかりだ。女達の声はハリとツヤのある溌溂とした清らかな声でしかも上品な色気に溢れていた。男共を悩殺するパワーと力があった。

現在はこの片鱗も見られない。女社会、女文化が消滅して男と女の境界も無くなってボーダレスの世界になって明るい見通しは無くなった。体形にも現在の男女のボーダレス化がよく表現されている。重労働から解放された男共は体形も女と変わらなくなった。男の顔も消滅して筋肉質のごつい姿や体重も女体と同等になっている。

男の居ない世界、女の居ない世界。他の生物では絶対に視られない世界は人間が自らの生存について両手を挙げて降参した形なのか。自力で生きられない、自力で考える事も出来ない。男と女の居ない世界。それでも誰もが如何なる疑問も矛盾も抱かない形式人間国家。日本人の再生はかなり困難だ。

（二〇二三年四月二八日）

ウクライナ戦争

ロシアとウクライナの戦争、米国とNATO連合との代理戦争は三月三〇日で開戦から四〇〇日になる
この戦争を通して人類なる種族の愚かさ、人間の本質について改めて奇快人流の独想と独断をもって分析してみた

今日は二〇二三年三月三一日で今年も四分の一が過ぎる。伊豆高原の桜は未だ概ね満開の状態で、今春は長く咲き誇っている。奇快人の小生も八五年と七ヵ月、生きて来た年月は、通り過ぎて仕舞えば瞬きする一秒よりも短く感じるものだ。

来し方は一夜ばかりの心地して八十路あまりの夢を見しかな　貝原益軒

一〇年も一〇〇年も通り過ぎた時間は全て零だ。本当に人生は存在したのかどうかさえ判らない。「人類は二一世紀末まで生存が可能かどうか」をテーマに前著を著したが、今回は、「人類は地球上に生存が許されざる存在か」の考察を中心に続編としてまとめてみた。「存在すべきで無かった人類なる種族」が存在して二〇万年になる。西暦紀元になって早くも二〇二三年になる。文明社会は開花して一〇〇年前からみれば夢の国、そしてお伽話の中での生活をしている。豊かで便利な生活を得て人間共は仕合せ、幸福と思って満足して人生を喜んでいるのだろうか。

戦争犯罪

ロシアとウクライナの戦争について前著の中で五回に亘って戦争終結についてその奇策と戦略を提示した。その真っ当な奇策が実行されないのは大変に残念な事だ。

人類なる種族は地球規模の思想と理念が欠如している。独裁者は正義を主張して隣人を殺害して戦果として発表して誇示しているが、自国の国民が理由なき無益の戦争で殺害されていたならばプーチンもゼレンスキー大統領と同じ事を言うのは問違いないのだ。

ロシアの正義はウクライナ側から見れば戦争犯罪でしかない。国際刑事裁判所はプーチンに対して逮捕を命じた。如何なる効果もないが世界中に情報は発信されるので、問題意識だけは提示できる。

戦争は何故いつも発生するのか。人間が野心、野望なる欲が強いからだ。政治に限らず人間世界ではどの分野、世界でも、頂上を目指したがる習性がある。独裁国家は一人の権力者が国全体を自由に動かすのが可能だ。然らば野心、野望が蠢《うごめ》くのも道理となる。

野心、野望がどの様な事態を招くのか。充分に理解できる筈である。人類なる種族は愚か者であるから自らの力で生存していると考えて居る。ここが根本的に間違っている事実に気付かない。地球人として同族、仲間として理想、理念がない。何故に地球上に生物が生存できているのか。生かして貰っている事を考えて居ない。

全ての原点は一三八億年前に宇宙が出来たのがそもそもの始まりだ。この様に考えるならば地球生物の存在は全て奇跡に依って成立している。戦争が悲惨な事は誰もが承知している。それでも人間が人間として存在する限り戦争は無くならない。何故ならば人間共は「欲求の制御」が出来ない生き物だからだ。

ロシアのプーチンは二三年の年頭教書でロシアが負ける事はないと発言している。この一言が何よりもロシアの苦戦を自ら発信し認めたものでしかない。三月末にはベラルーシに戦術核を配備するのに両国が同意したと発表した。プーチンも米国を始めとしたNATO諸国も双方とも戦略を大きく間違えて今なる現在に至っている。

プーチンがウクライナ侵攻を決断したのは、米国バイデン大統領が米兵は一兵たりとも派遣しないと明言したからだ。最高指導者の一言がウクライナを天国から地獄の世界に突き落としたのだ。最高指導者の一言は、場合に依っては核兵器に匹敵する力とパワーを有して居る認識が必要なのだ。プーチンも重大な誤りを犯した。背後からの攻撃がないから安心して侵略を開始したのだ。プーチンの頭の中ではウクライナは早ければ三ヵ月、長くても半年で降参すると考えて居たに違いない。

二大国のバイデン、プーチン両人の誤算でこの戦争が始まったのであれば、トップ指導者の責任は真に大きく重大だ。たった一言の失言が四二〇〇万人のウクライナ国民の生活の全てを奪い、国土の大半が破壊され何の罪もない老若男女が殺害されている現状を世界中の人達はどの様に考えているのだろうか。たった一人の狂老人プーチンの野望、野心の為に無制限の殺害が許されるのか。地球人としての良心は無いのだろうか。

そして本題に入って、この戦争の特異な多くの点を指摘して考えてみる事にする。

プーチンは背後からの攻撃が無いので侵略に踏み切った。開戦から四〇〇日を迎えても勝利への道は未だ視えない。戦況は膠着状態となっている。

プーチンは大きな誤りを犯した。小人、一寸法師でしかないウクライナがこれ程に長く戦えるとは考えていなかった筈だ。米国を始めとしたNATO側が膨大な軍事援助をするとは考えても居なかった。その金額は日本の防衛費の年間予算に匹敵する五兆～六兆円に達しているとみられる。最新のハイテク兵器の投入でロシア軍は苦戦を強いられて居る。戦争の形がこれまでの戦いと根本から変化している。軍隊、軍人の数でなくハイテク兵器の優劣で決まる。

英国、仏、ドイツは三月末までに最新鋭の戦車を届けている。およそ六二両で二個大隊の規模になる。そしてポーランドなどの二ヵ国はミグ29戦闘機の供与を決めた。米国も射程が一〇〇キロにもなるハイマースの供与をしている。戦闘装甲車も供与している。ロシアのミサイル攻撃、空からの無人機攻撃に対してGPSと連動した精密迎撃システムを使って有効に活動させて八〇パーセント位を撃ち落している様だ。

ロシア軍に対する攻撃でもGPSと連動した情報システムを使って敵の位置を特定して発射されるので、ロシアにとって大きな脅威となっている。

ウクライナのゼレンスキー大統領は四月から反転攻勢に打って出ると表明している。二〇二三年の八月から一〇月までに戦局が大きく動く可能性は充分に考えられる。

ウクライナの国民も軍人も国土の大半が破壊されて墓場の中、毎日を地獄の世界での生活を強いられて居る。米国の戦争研究所、英国の国防省はロシア軍の死亡者そして死傷者が二〇万人になると発表している。ウクライナでも軍人が八万人から一〇万人が死亡または負傷したと伝えている。民間人の死者は八〇〇〇人と発表されている。負傷者はその数倍になるだろう。

この戦争では理解に苦しむ事態が多い。その一つがウクライナの国土の大半が破壊されるまで傍観してからの援助は遅きに失した。ウクライナに対してはロシア本土への攻撃は控える様に要請した。

ロシアがそれ程に怖い存在なのか。経済規模からみれば西側の一〇分の一以下である。

軍事力から考えても海空軍ではロシアの一〇倍位の能力差があるのにこの弱腰がプーチンを勇気づけた。中国の習近平はこの様な事態を眺めて喜んでいるだろう。弱腰、度胸の無さ、決断力の欠如を察して胸を撫で下ろしているだろう。

ロシアに手こずっている位なら中国は格が数段も上だ。国力も米国を上回るだけの力を秘めている。軍事力でも米国と同等の力を保有している。文字通りの強敵でしかも手強い唯一の国だ。

この先およそ六ヵ月後の戦況はどの様になっているのか。四月上旬の膠着状態が大きく変化している可能性が大だ。ゼレンスキー大統領は反転攻勢に打って出ると表明している。英、独の最新鋭の戦車はウクライナに到着している。対空ミサイルの防空システムは空からの攻撃に対して大きな力を発揮するだろう。ポーランドなどの国はミグ29戦闘機の提供を決めて一部が引き渡されている。

米国は戦闘機の供与に慎重だ。何よりも戦闘機を自由に使いこなすのに一年～一年半もの訓練が必要だからだ。この戦争が来年二〇二四年末まで続く可能性は小さいと考えられる。これからの六ヵ月間で戦況がどう推移するのか。大きく変動したならば両軍はどの様に対処するのか。注意深く見守る必要がある。

戦術核の脅し

開戦から四〇〇日が過ぎた現在も目に視える戦果が得られていないプーチンはかなり苦境の中にある。隣国ベラルーシに戦術核の配備を表明している。ベラルーシはポーランドと接しているのでＮＡＴＯへの脅しである。戦術核の配備をしてまで小人、一寸法師に苦戦を強いられて居るプーチンはかなり焦っている筈だ。プーチンはこの戦争で負ける事は許されない。自らの権力基盤を失って失脚に繋がるのは明白だ。

仮にもプーチンが追い詰められて破れかぶれの戦術に踏み切ったならばどの様な事態が起こるのか。米国もＮＡＴＯ諸国もプーチンの動向について分析し、そして非常時にあたっての対処方針などの戦略について凡ゆるシミュレーションをしている筈だ。

何事も人生は思う通りに運ばない様に出来ている。これはなかなか良く出来ている法則だ。日本の大相撲でも幕内の力士で一勝一四敗の力士もいる。この一勝は横綱を倒した一勝だ。プロ野球でも九回二死で満塁本塁打での逆転勝利なる奇跡もある。現状のプーチンは小人、一寸法師にあっちにこっちにと振り回されている姿ではないのか。巨象は小さな蟻を何時でも何処でも踏み潰せていた筈だ。

この戦争でプーチンも判断を誤った。米国を始めとしたＮＡＴＯがこれ程の巨大な軍事援助をするとは考えていなかった筈だ。この戦争はハイテク機器による戦いであるのが特徴だ。宇宙からの的確な位置情報をウクライナは常時入手できる。位置情報と攻撃兵器は連動しているのでロシアにとって大きな脅威である。その為にロシア軍の装備や兵士の損害は予想を大幅に上回っていると考えられる。

四月からの反転に転じるウクライナ軍の動向次第で膠着している戦況が大きく動いたならば、どの様な事態が生じるか。見通しとしてはロシア軍が不利な立場に追い詰められる可能性が大きい。この様な状況に追い込められた場合、プーチンは何を仕出かすか判らない。

米国とＮＡＴＯが恐れているのは首都キーウへの核攻撃だ。キーウが核に依る攻撃を受ければウクライナは持ちこたえるのは困難だ。仮にもプーチンが核の攻撃でウクライナが窮地に立った場合の西側に依る対応は重大な決断を迫られる。数ヵ月後の戦況がどうなって居るのか。今のところは誰にも判らない。

予測できるのは間違いなく大きく局面が変わっていると考えられる。ロシア軍プーチンが窮地に追い込まれていけば、最後の手段として戦術核の使用は充分に有り得ると考えておく必要がある。

この戦争が二〇二四年も一年間続くとも思えない。和平、終戦への道程は両者が全くすべて真っ向から対立しているのでかなり厳しい。米国もＮＡＴＯ諸国も無制限の援助を続けるのは困難だ。国民の理解が得られなくなる恐れは大きい。米国は来年、大統領選挙がある。トランプ前大統領は既に立候補を表明して活動している。人気は高い様で復活すればウクライナにとっては困難が増すだろう。

ロシアのプーチン、トランプ、習近平の三人は非常に良く似ている。最大の共通点は自らが全て正義でその他は全て悪だ。この様な考え方では共通している。プーチンが核の使用に至った場合は米国、ＮＡＴＯの対応は重大な決断を迫られるだろう。核には核で対応するのが常道であって他の選択肢は無いからだ。

そしてロシア軍は壊滅的な打撃を受けてプーチンの命脈はお終いを迎える事になると奇快人の小生は考えている。米国そしてＮＡＴＯが弱気で、強気の姿勢を表せなかったのが、この戦争の悲劇を呼び込んだ事実を重く受け止めるべきだ。

もう一つの大きな問題は、ロシアの核攻撃で対抗措置に至った場合、中国、習近平がどう動くかだ。中露は強固な軍事同盟を結んでいるからだ。プーチンは中国に強く参戦するように要請するだろう。仮にも中国が参戦すれば、第三次世界大戦となって世界中が大混乱になるのは必至である。前にも記したが核戦争では戦争は長く続く事は無い。双方共に余りの大きな損害で共倒れする事は充分に考えられるからだ。勝者の無い核戦争は双方共にその愚かさに気付く事になる。

プーチン、習近平は大国の独裁者だ。世界には多くの独裁者が居る。独裁者は法律の上に居る存在だ。従って法に裁かれる事はない。法律は自らを守る為に存在するのだ。国民に自由はない。ロシアも中国も政府、共産党の政策に反対、又は批判すれば即刻、刑務所行きとなる。独裁者は国民を死刑にするのも量刑も自由に決められる。全ての正義は自分だけである。

従って反対や批判などの発言や表明は出ないのが当然だ。自らと家族を守らなければならない。支持率は一〇〇パーセントになる。

独裁者を支えている側近は皆全員がイエスマンで構成されている。その様な訳で独裁者の暴走を止められないのだ。独裁者の失政は最後に国民が被る事になる。独裁者を許し許容したのは国民全体にもその責任はあるのだ。

人類は「生存が許されざる存在」だ。今なる現状の世界は「人類は自らの存在を否定」

した。どの国も大国も強国も軍事予算は膨大だ。戦争が何時までも出来る場所とその環境が有って当たり前と考えているからだ。それ程までに世界のトップ指導者の頭脳は賢くないのだ。自らの自滅を予測しても欲望、即ち野心、野望の為に判断を誤るのは人間が愚かな証拠である。

最後の愚かなお終いなる「核戦争」をしても双方の国民の命と国土の多くが破壊されて地獄の世界に突入するのみだ。プーチン、習近平も二人共七〇歳を超えている老人に過ぎない。中国一四億人、ロシア一億五〇〇〇万人の生死を握っている二人の独裁者の責任は重大だ。自らの権力を守る為でなく国民の命と生活を守って欲しいものだ。そう願って居る奇快人だ。

（二〇二三年四月一〇日）

戦争と独裁者と政治家

二〇二二年二月二四日にロシアが隣国ウクライナに侵攻して一年が過ぎた。プーチンなる狂老人は勝って当たり前の戦争をして何を得ようとしたのか。当然の事ながら領土に対する野心のみだ。

一九八九年、旧ソ連は、アフガニスタンから完全撤退に追い込まれた。一〇年近い戦いで一〇〇万人近い死傷者が出たと報道されている。それから三三年が経過して今度はソ連邦の同胞であったウクライナに侵攻して正義も大義もない戦争に踏み切った。現在、戦況は膠着状態である。二〇二三年二月にプーチンは年頭教書なる書簡でロシアが敗ける事はないと表明している。

巨人ガリバーと一寸法師の戦いで勝敗は万人に明らかである。勝って当たり前の戦いで敗ける事はないと主張して居るのは、非常に苦戦を強いられて居る事実を如実に表している。プーチンは益々、態度を硬化させて攻撃を強化している。ロシア国内が危機に陥るならば核の使用を辞さずと米国、NATOに脅しを掛けている。苦戦を強いられて居る事実を白状しているのと同じである。

国連総会では二月にロシアに依る戦争犯罪について会議を開いて一四〇ヵ国以上が賛成している。この一年間で六回目の決議だ。ロシアと北朝鮮、ミャンマーなど独裁の国は全て反対している。中国などは棄権した。国連で一〇〇回の如何なる決議も効果は零であるのは明白だ。

プーチンは強力な兵器の開発に全力を挙げて、ロシアを防衛すると主張している。極超音速のミサイル戦術核の増強、ＩＣＢＭの強化、原子力潜水艦、原子力空母の増強を加速すると表明している。

プーチンと習近平は一卵性双生児の如く考え方が非常に良く似ていて一蓮托生で強く繋がっている。一億四〇〇〇万人、一四億人の国民の頂点に立って居るのは同等だ。

世界中の多くの国で内戦、内乱などの紛争が絶え間なく行われている。人類なる種族が存在する限り戦争や争い事が無くなる事はない。プーチンは米国やＮＡＴＯ諸国がロシアを攻撃または戦争などの意向を全くもって無いのは充分に判って居る筈だ。ロシアが如何なる脅威も受けて居ないにも拘わらず米国、ＮＡＴＯ諸国を非難しているのは道理に反しているは明らかだ。

独裁者は自らの権力を維持するのが唯一つの正義だ。国民が在って存在している重大さに気付かない。

国民の為に平和と繁栄そして豊かな生活が出来る社会を作るのが目的でなければならない。国民を不幸にして殺害し、また死刑にし、多くの国民を刑務所に収容する独裁者に明るい未来などが有ってはならないのだ。自らが侵した悪行に対しての答えは明白である。

どんな権力者、独裁者も五〇年位が精一杯だ。頂点が永く続くのは有り得ない。その結末たるや悲惨で憐れであって惨めなものである。大半は暗殺されている。又は自らが自殺している。捕えられて死刑になっているではないか。

プーチンも習近平も独裁者達の末路が惨めな結末で終わって居るのは充分に判って居る。それでも一日でも永く権力の座に固執するのは、考えられない利得が有るのでないのか。自分だけは別で逃げられると考えている可能性は大きい。

イラクのサダム・フセインも絶大な権力を有して居た。サダム・フセインに逆らう国民も居なかった。居なかったのではなく逆らう術《すべ》が無かったのだ。絶大な権力者も三〇年弱でお終いを迎えている。結末は死刑に処されている。リビアのカダフィ大佐もフセインと同じで強大な権力を誇った独裁者だった。お終いは反政府勢力に依って暗殺されている。一族の大半が殺害されている。

中国古代の思想に「人間は生きるも死ぬも定かでない。生きていると思えば死ぬ」とある。未来は一秒先も一〇分、一時間先も誰にも判らない。人間なる種族は自らの命が今日にもお終いを迎えるとは考えていない。頭の片隅にも考えていない。だから生きて居られるのだ。

プーチンも習近平も七〇歳を超えている。一昔前ならば立派な老人だ。八〇億分の一の単なる人間に過ぎない。政治家には真の賢者は存在しない。真の賢者達はその愚かな世界を見抜いているので決して入っては行かない。独裁者は国民を死刑、暗殺も自由に出来る。刑務所へ何時でも何人でも拘束するのも可能だ。暗殺も常時、何時でも行われる。

法の上に存在して居るのが独裁者の特権だ。独裁者は法に依って裁かれる事はない。頂点に達している存在の独裁者の実状は安定して居ないのと同じだ。頂点は不安定が極大化しているので転落は必至なのだ。頂点が永く続いた事は一度も無い。所詮「人生は一場の夢」だ。

生時有限、生者必滅は公理であって独裁者も例外ではない。

人生は考え方に依っては一秒にも満たない短い生涯でしかない。命の箱は長くて一〇〇年だ。去った時間は零だ。そして同じ夢を二度見る事は叶わない。仏のある哲学者は、政治の世界、企業でトップになるのは愚かな選択で止めた方が良いと説いた人物がいる。奇快人の小生は名言だと考えている。

人間共の世界で偉い人と評される人物で、偉い人は実のところは居ない。政治家などは退任後に逮捕されて、刑務所に入る政治家は幾らでもいる。頂点から最低位の刑務所入りとなる人生は愚かな人間共に共通する。

独裁者が支配する国は、数十か国は存在する。二〇二三年四月末、ウズベキスタンでは現大統領が二〇四〇年まで続投する案が承認されたとの報道があった。人間の愚かさを代表している。

独裁者は国民、住人に対して善良な政治を行う人物も稀にはいるが、独裁者の大半は軍人だ。武力に依って政権を作ってその頂点に立ったのだ。独裁者が善政を行う事は皆無に近い。

独裁者の正義は唯一つ。自らが全て正義でその他は悪だ。自らが法律で国民は絶対に服従しなければならない。法律の上に立って居る独裁者は法律で裁かれる事は無い。

ミャンマーの軍事政権は国民が敵だ。国民に銃を向け戦車まで出動して弾圧し苦しめている。政権の幹部は全員が軍人で、トップに対しては全員イエスマンで悪を正とする。国民に銃口を向け武器を持たない丸腰の国民を殺害して権力の座に就いている独裁者は狂人なのではないか。自らは正当性を主張するが要は利権、私欲が極端に強い一種の変質者としか考えられない。法で裁かれる事のない独裁者は誰が罰を下すのか。

ミャンマーの軍事政権が誕生して早くも二年と二ヵ月が過ぎた。軍が殺害した国民は三〇〇〇人位と発表されている。裁判は軍事法廷で行われて非公開である。死刑も終身刑も意のままである。トップの軍人X氏がどんなに頑張っても国民の五〇〇〇万人を殺害するのは不可能だ。国民の殺害は出来ても自らの天命は操作できない。また奪った命を自らに置き換えて長生きも出来ない。

人生は万人いかなる人間も自らの思惑通りには運ばない様に出来ている。武力で取得した権力で国民の財産を得ても単なる一人の人間でしかない。巨万の富は良く映るが、一〇〇～一〇〇〇人分の美食が出来る筈もない。体は一つしかない。自らの命は一秒先も一分先も如何なる保証もない。死ぬ為に生まれて来た人生だ。

一度だけの人生を、国民を殺害する為に使うのは狂人と同じだ。死後は戦争犯罪人と呼ばれ後世に悪名だけが残る。

独裁者は圧倒的に軍人が多い。軍のトップが武力を背景に政権を倒して権力の座に就いた。エジプト、タイ、トルコのトップも軍人で国民に対しての武力行使は殆ど無い。比較的に政治、経済は安定している。どんな強力な権力者もその権力を維持できるのは、最長で五〇年、概ね二〇～三〇年に過ぎない。

「始まりがあれば、お終いがある」

プーチンは既に二三年間も君臨している。賞味期限が切れた存在でしかない。生時有限はプーチンも習近平も逃れる事は出来ない。世界の平和を大きく揺さぶって平和を脅かしている二人の老人は今日も明日も一年〜三年〜五年〜一〇年と生きて居ると思っている。自らの命について今日にも命が無くなるとは全く考えていない。

未来は一秒先、一分先も判らない。生きて居ると思えば死ぬ。生きるも死ぬも定かではない。今なる現在は健康な体を維持できている。一時間、一日後は死んでいる。不慮の死は万人に対して常時、絶えず世界中で発生して人を選ばない。プーチンも習近平も安泰はない。

戦争なる愚かな行為を行っているのは地球規模の思想、哲理がないからだ。生物として生存して居る事実は、数えきれない無数の奇跡に依って守って貰っているのを理解できない。戦争が何時でも出来ると考えている。戦争をしたくても戦争が出来なくなる事態が起こるとは考えていない。

戦争が出来るのは奇跡に依って守って貰っているからだ。世界の政治家なる輩が宇宙規模のスケールで思考を巡らすならば、人類なる種族も些かの救いがある。宇宙は広い。人類なる集団では考えられない無限大の時空ですぞ。

広大な宇宙の中で人類と対極に存在する知的生物が居たならば、地球人の愚かさに驚かされるのは間違いない。戦争のない国、戦争を全く知らない国、差別や格差の無い全てが平等で競争しないのが当たり前の知的生物が存在したならば地球人の愚かさに驚き、そして呆れかえるだろう。

人生は死ぬ為に生まれて来た人生だ。人生で最重要なのは人生のお終いの死に様だ。絶大な権力も又、巨万の富も通り過ぎた過去の夢でしかない。人生は長くて僅か一〇〇年だ。考え方に依って一秒にも満たない人生ではないか。宇宙単位で考えれば人類の存在などは無いのも同じだ。

独裁者は法に依って裁かれない。自分が自分の為に作った法律だからだ。国民を敵に回して暗殺、死刑、投獄など自由に出来る。国民の生殺与奪の権を握っている独裁者は本当に仕合せ、幸福なのか。

時間は止まる事はない。戦争をして居られるのも、今なる現在も竜宮城の中に居るからだ。残念ながら、自分の思う様に行動出来る、まだ病も得ていないという意味での〝竜宮城〟は生存している限り必ず卒業しなければならない。国民を殺害するのは可能でも実は自らの命は決して守る事は出来ない。不慮の死は常時、待機している。

世界中の誰もが知って居る超有名人について人生のお終い、死に様を書いた書籍が一冊だけある。有名人の余りにも惨めな結末が描かれている。クレオパトラ、ナポレオン、コロンブス、アインシュタインなど三〇名近い有名人の最期が生々しく描かれている文書である。

どんな栄耀栄華も煌びやかな生活も通り過ぎて仕舞ったならば、夢でしかない。庶民が羨ましく思う世界は、対極の底辺から見た世界だ。頂点は権力も富も不安定な中で存在している。不安定は位置のエネルギーが極大に達している世界だ。必然的に転落する運命となる。

独裁政権の独裁者は側近との馴れ合いで出来ている。独裁者に反対や異議を唱える人物は居ない。独裁政権は「腐敗している」から存在が出来ている。独裁者の正義は腐敗に依って成立しているのだ。

森羅万象、社会万般は「お終いの無い始まりは無い」。プーチンも習近平もこれから三〇年は生きて居られない。不慮なる死は突然やって来る。防御は出来ない。不慮の死がどの様な形なのかは判らない。病魔なのか暗殺なのか事故なのか、自然災害など誰も予測は出来ない。

不慮の死は、法で裁かれない独裁者も例外扱いはして呉れない。世の中は意外と旨く作動している。人類なる種族の人間共が、世界中で繰り広げている狂気の世界も間もなく終了を迎える事になる。本来なら「存在が許されざる存在」が存在したのが、間違いの原点だ。

滅び行く宿命を背負って誕生した人類なる一族が、自らその存在を否定して滅び行く運命は、理に適っているのだ。そしてお終いは墓標のみが残る。

（二〇二三年五月一日）

地球人の行方

地球人、人類の未来の姿

人類に残された時間は、限りなく零に近い。二一世紀の今も世界中で戦争が行われている。人類は「全ての事象で頂点」に達してその命運はお終いの位置に着いて居る。改めて世界に目を向けて考えてみる。

人類が直面している最大の課題は自らが作った温暖化なる現象だ。地球人八〇億人は一丸となって対処しなければならない唯一つの本物の課題だ。人類、人間共は利口に見えても所詮は愚か者で浅知恵の持ち主に過ぎない。生物界で同種族同士で殺し合いする生物は人間共しか存在しない。

現在の人類は地球上でどの様な現象が起きているのか、その本質を理解して居ない。戦争などをしていられる状況にないにも拘わらず、その認識は全くない。お粗末そのものだ。一〇年、一〇〇年、一〇〇〇年……と、この先も戦争をしていられる環境が永遠に続くと考えて居る。人類はこの一万年で増殖し過ぎて一六〇〇倍に急増しているにも拘わらずその様な認識は零だ。

地球の大きさ、面積で許容できる量は上限があって、既にその容量を大幅に上回っている。人類でない生物でその数が、数十倍まで増殖したならば、生存出来なくなって仕舞う。何故ならば固有の生物は限られた食物を得て生存しているからだ。自然界は良くも悪くも合理的に出来ている。

僅か一万年強の時間で一六〇〇倍に人口は増加している。他の生物ならば既に絶滅なる運命ですぞ。国連は二〇二二年一一月に世界の人口が八〇億人に達したと発表した。二〇五〇年代には一〇〇億人になるとの予測もある。人類は今も絶滅危惧種になっている事実に気付かない。真の愚か者である。

僅か一万年の短時間で五〇〇倍〜一〇〇〇倍以上に増加した生物は皆無と考えられる。何故ならばその前に生存が出来なくなるからだ。宇宙、太陽系、そして地球など自然界は凡ゆる事象がお互いに絶妙に緊密に固く手を結んで強力なネットワークで出来ている。このネットワークを破壊した生物はいない。人類、人間共が自らの豊かさ、便利さの為に破壊した。万死に値する。

地球上で人間だけで存在出来ればそれで良いと考えて居る。生物が住める楽園を破壊してもその意識が無い。人類のみが生存できる、その様な世界は有り得ない。現状の地球環境は生物が生存できなくなる手前に着いて居る。大地も大気も海の中も大半の生物は絶滅寸前の状況下にある。

生物史五億四〇〇〇万年、魚類などは数億年を営々と環境に適応して生きて来た。偉大な生物の大先輩だ。昆虫なども大森林時代から三億年以上も繁栄して生存して来た。生物種の中で最も多い種族は魚類と昆虫達だ。両者共に現状は絶滅寸前の状態にある。魚類、昆虫が居なくなる事は実は人類、人間共も道連れになるのと同様だ。

愚かな人間共は損得、銭勘定で多くの生物を乱獲して絶滅するまで続けて、自らの運命にもけじめを付ける事になるだろう。絶滅させた種の復元は出来ない。人類も同じですぞ。人類なる生物は三〇〇年強の短時間で、地球が数十億年の年月を費やして作った、生物が住める楽園をことごとく破壊して、自らも絶滅種なる一員になった。この短時間で絶滅に追いやられて姿を消した生物は何万種、何十万種になるのだろうか。この数よりも更に多くの生物種が絶滅したと考えて居るのが奇快人だ。

一度絶滅した生物を元に戻す事は不可能だ。そして人類も自ら絶滅して二度と元に戻れない。

（二〇二二年一二月二〇日）

「有って当り前」ではない

人類なる種族が破壊した地球は復元が出来るのか
神々は一度だけの失敗の責任を取る手段として生物の死骸達に
重責を任せた　死骸達はその重責を果たして期待に応えた
生物界の異端児は二度と現れる事はない

人類に残された時間は限りなく零に近いと重ねて主論を述べて来た。人類が地球上から退場した後の世界を検証してみなければならない。彼らは何を間違えたのか。

大きな要因の一つが「欲望」の制御が出来なかった。即ち人類は能力、知力、そして知恵がそれ程に優れて居なかったのだ。

欲の制御が正常に働いて居たならば生物史の中で最短、最速での退場に至らなかった筈だ。人類の敵は全て欲だ。人類が真にもって賢いならば、これまでの歴史を正しく検証・学習して戦争などの愚かな事は起きようが無いのではと考えている。地球上に生存させて貰っているだけでも感謝すべきである。人間の力で生存が出来ている訳ではない。動物園で飼育されている動物の様な存在でしかない。

地球人、人類は二一世紀の現在も生存して居られる事実についてどの様な認識をしているのか。天の川銀河の田舎にある太陽系、八つの惑星の中で地球は唯一つの奇跡だ。多くの奇跡に依って多種多様な生物が生存している。文明社会がない時代では一〇〇〇万種の生物が生活していた。最も多い種族は昆虫と海の中の魚類だ。

二一世紀も五分の一が過ぎて現在も欲呆け人類はいつまでも生存が出来て当たり前と考え、そして思っている。文明社会は便利で豊かな生活を提供して呉れている。誰も全員が恩恵を享受して当たり前と思っている。文明社会は前述した様に「砂の上の世界」だ。水と風でいとも簡単に崩壊する世界に過ぎない。

「過ぎたるは及ばざるが如し」何事も腹八分目、即ち謙虚さが重要だ。愚かな人間共は便利さ豊かさを求めて「砂上の世界の頂点」に達して絶滅種の代表の一つになった。便利で豊かな生活、社会は何時までも続くと考えている人達が大半だ。便利な世界は不便な生活と一本の直線で繋がっている。現代人は電気と水が停止すれば生存が出来ない。文明社会を作った事に依って自力で生活が出来なくなった人間共は、残念ながらその認識が全く無い。

便利で豊かな文明社会は出来てからの年月は僅か一〇〇年位だ。文明社会が無くても生きて居たのだ。デジタル時代となった現在は自力で考える事も出来なくなって、動物として人間としての存在意義とその価値を自ら放棄した。ショーペンハウアーの言う、「我々は存在すべきで無かった何者かである。だから我々はその存在を止めるべきだ」

その様な状態の人間社会となって仕舞っているのだ。

存在すべきでない人類が二〇万年も生存できたのは文字通り奇跡でしかない。二〇〇～三〇〇年前に哲人、思想家なる人物は真にもって人間世界の暗黒世界「理不尽、不条理、矛盾」を見抜いて、人類の存在を否定したのだろうか。文明社会を作らなかったならば、人類は絶滅危惧種の代表に成りはしなかったと思われる。

地球生物の全てそして地球上で生じる事象のその大元は宇宙の誕生から始まっている。全ての命運は実は宇宙が握っていると考えるべきだ。奇快人の考え方である。地球上の生物は宇宙なる世界が作って呉れた動物園の中で飼育され保護されている存在でしかない。人類の力で生きて居る事象は一つも無い。

宇宙が作って呉れた強固な動物園の中で保護され飼育して貰っている人類なる生き物

は、同類の人間共と絶えず何時も喧嘩して殺し合いをしている愚かな生き物の代表であって王様だ。人類、人間共は二一世紀の現在もこの地球上に生存できている事実について感謝している人達は少ない。生存が出来ているのが当たり前で一〇年、一〇〇年、一〇〇〇年……と続いて行くと考えている。

未来は一秒先、一分先も誰にも判らないものだ。全てに「お終いは必ず有る」。如何なる「有って当たり前」も元は無かったのだ。人類も他の生物も太陽系、地球が数十億年の年月を掛けて作って提供された「有って当たり前」の中で生存させて貰っている居候に過ぎない存在である。文明社会の誕生と進化は人類絶滅へのトンネルの完成となったのですぞ。

人類が二〇万年も生存できたのもある面では奇跡なのかも知れない。存在すべきでなかった人類なる種族が生存できたのはその歴史の九九パーセントを文明社会を作らなかったからだと考えるのが正しいと言わざるを得ない。諸悪の根元は便利さや豊かさを求めて文明社会を作った事だ。文明社会を作らなかったならば人類はさらに一〇万年またはそれ以上も生存が出来た可能性がある。

最先端の近代文明社会が出来て、僅か一〇〇年か一五〇年に過ぎない。便利で豊かな社会で人類、人間共は仕合せ、幸福になったのだろうか。答えはNOとなる。第一次産業革命、資本主義の定着、大量生産システムへの移行、工場生産の大幅な拡張などを通して人口が急増して、人類は自らの寿命を自ら縮めて退場寸前の位置に着いている。人口の急増そして凡ゆる製品の大量生産、大量消費、必然的に化石資源の大量消費に依って温暖化現象を呼び込んで自滅は決定的になった。

「人類の敵は人類だ。人類を滅ぼすのは人類だ」

人類は自分達だけの便利さ豊かさを求めて現代社会を作った。近代文明社会を作った事実は、人類の大きな失敗であり誤算であると考えて居る奇快人だ。文明社会がなければ太陽系、地球が数十億年の年月を掛けて作った「有って当たり前」を破壊する事はない。

地球なる広大な動物園内で保護され守って貰って居る事が出来た。目先の欲に支配されて保護の外へ出て仕舞ったのだ。数億年も地下の深く静かに眠っていた死骸を灼熱地獄で酷使して利用して来た。生活面での化石資源、生物資源は一年三六五日、人類の生活に一〇〇パーセント近く関与して働かされている。天国から地獄へ道連れにされた死骸達はその復讐を開始した。今度は生物の死骸達（化石燃料）が人類、人間共を同じ死骸の仲間にする事に今まさに成功しようとしているのだ。そしてそのパワーは強力で地球生物の大量絶滅事件に匹敵する力を発揮するのは間違いないと考えられる。

一〇〇年近い酷使に対して二〇万年も生き永らえて来た人類を二度と再生できない様な世界に送り出して戻る事が出来ない様にしてくれる。宇宙の公理は正しく作動したのだ。一種族だけの為の豊かさなどは有ってはならないのだ。宇宙の公理は全ての事象に対して平等に出来ているのだ。人類はその本質を全くもって認識していない。利己主義一辺倒で自滅する破目に陥ったのですぞ。本物のご愁傷様なのだ。

欲呆け、金呆けが頭の中を独占して理性が埋没し死滅している。動物園で飼育されている動物が動物園を支配できると考えて行動して来た。人類が真にもって賢いならば自らの欲望を制御するだけの能力を授けて貰って居る筈なのだ。理性は眠った侭で目覚めなくなっている。依って今なる現在も同族同士で戦争なる殺人ゲームを懲りる事なく世界中で繰り広げている。

戦争なる殺人ゲームが無くなる事はない。戦争が無くなるのは人類が地球上から姿を消した時からとなる。

温暖化なる気象災害は地球生物全体を絶滅させるパワーと力を有している。超巨大火山噴火に相当する強力なパワーを有している。地球の内部活動に依って起こる大事件は数千万年、数億年に一回ですぞ。

戦争は何故なくならないのか。ロシアがウクライナに二〇二二年二月二四日に侵攻して早くも一一ヵ月が過ぎようとしている。巨人ガリバーと小人との戦いだ。巨人ガリバーはかなりの苦戦を強いられている。この戦争は正義もそして正当な理由も無い無益な戦いであって、人間そのものの本性を表している。国連憲章、国際法も有って無いのと同等で如何なる力も有して居ない。

世界を動かしているのは政治家達だ。米国を始めとした西側先進国に対して、中、ロ、北朝鮮、ミャンマーその他、多くの国は一人の権力者が国民を支配している。法は独裁者を守る為に有って国民を迫害する為にしか存在しない。如何なる権力者も外敵、即ち人害に対しては強固な警備体制で自らを守るのが可能だ。生者必滅、生時有限、万人に平等で格差は無い。

外敵なる人害から守る事は出来ても天命なる命の箱は誰しも全員が自由にならない、そして操作は出来ない。独裁者プーチンも習近平も七〇歳にもなる老人に過ぎない。半世紀前ならば天国の住人だ。人生とはどんなに強力な世界一の権力者も一秒先、一分先の未来の保障はないのだ。そして人生は思惑通りには運ばない様に出来ている。描いた大望や念願は成就しない事の方が多い。命の箱は不動で自由に動かせないからだ。プーチンも習近平も未だ竜宮城の中での住人だ。一秒先、一分先に死ぬ事などは頭の片隅にも考えていない。一年後～五年後も竜宮城の中に居られると思っている。それ故に戦争が何時までも続けられると考えている様だ。

存在すべきでなかった人類が二〇万年も生存して来た。三〇〇年弱の年月で文明社会を完成させた。化石資源の活用と人類の命運は人類の地球動物園からの追放と軌を一つにしてスタートしたと思っている奇快人ですぞ。

二一世紀の現代人は一〇〇年～三〇〇年前の生活を考えれば「夢の様な世界」で暮らして居る。豊かで便利な社会を作って人類、人間共は仕合せ、幸福な暮らしが出来ているのだろうか。答えは否である。三〇〇年あるいはもっと遥か五〇〇年、一〇〇〇年前の人達と現代人を比較してみたならば、どちらの時代に生きて居るのが仕合せ、幸福だったのか。

文明の利器のお陰で重労働から解放され、考え方に依っては、現代人はロボット社会となり人力で行ってきた仕事をロボットなる文明の利器が行ってくれる。掃除も洗濯も全て機械が行ってくれる。明かりもスイッチ一つで自由に出来る。暗闇からの解放は人生にとって大きな存在で有意義だ。交通手段が歩行、馬しか無かった時代からみれば、これまたお伽の国、夢の国での世界となる。新幹線、列車、自動車、航空機等々、三〇〇年弱の時間で文明社会は早くも「頂点に達した」。

頂点に達した事後は唯一つ、転落しかない。如何に豊かにみえる世界も目標を達成して仕舞えば全て「有って当たり前」で感謝しなくなる。

大地、酸素と同じで永久に無くなる事はないと考えるのが人間共だ。三〇〇年弱の短時間で作り上げた文明社会は「砂上の世界」に過ぎない。文明社会は無数の「有って当たり前」を作った。文明社会が作った「有って当たり前」の一つの電気が無くなるだけで生存が出来ない。

豊かで便利な社会を作らなかったならば、如何なる不自由も生じない。大きな視点で考えてみれば自らの墓穴を掘ったのみだ。産業革命、大量生産、大量消費、資本主義の定着、そして人口の急増は必然的にその原動力のエネルギーが必要となる。

結果的に一〇〇年強の時間を酷使された生物の死骸達は二〇万年の人類にそのお終いの引導を渡した事になる。因果応報は正しく作動した事になる。生存すべきでない人類は自らの手で終末を迎える手順を完了した。生物の死骸の方が勝利したのだ。

人類なる生き物は余りにも短時間で地球に対して、地球生物に対して悪行の限りを尽くして、責任を取る破目になった。生物の死骸達は一〇〇年の酷使に対して強力な復讐をし、人類なる犯罪者を二度と再生できない世界に送り込んで埋没したのだ。明らかに死骸達の勝利だ。死骸達は称賛されるべき存在となった。地球環境と地球生物をお終いの砦となって守って呉れたのですぞ。

人類が犯した最大の罪は動物も植物、その他生物、微生物も含めて全てが「土」に還る循環を遮断した事だ。海の中、土の中、大気の中などの凡ゆる事象はお終いで「全て土」に戻る様なシステムで再生産が繰り返される様に出来ている。「土」に戻る事が出来ない世界を作って多くの生物が危機に直面している。

温暖化は宇宙、太陽系、地球が作った「有って当たり前」を排除して全生物は存在が出来なくなる運命だ。文明社会が作った「有って当たり前」などはこれまでの「有って当たり前」で成り立って居るから、直ちに消滅となって仕舞うだろう。

地球環境と全生物を守って呉れた死骸達が数億年前の静かな眠りに就くには、数千万年あるいは数億年の年月を要すと考えられる。自然の姿に戻るのは二〇万年または六〇〇万年前の地球に戻る事を意味する。

人類、人間共が地球を破壊して残した大都市や構造物などを全て撤去して、復元するには地球の内部活動に依って数億年の時間が必要だろう。大地の下二九〇〇キロのマントルが上昇して対流する事に依って人類が作った凡ゆる障害物が、高熱のマントルで融解してマグマとなって元の原子に戻されると考えられる。この様なプロセスが完了して、生物の死骸達は元の静かな眠りに就くのだろう。

奇快人の奇想である。存在すべきでなかった人類が二〇万年も生存して来た。考え方では二〇万年しか生存が出来なかった。そして人類は自らの手で生存が出来ない世界を作って退場する破目に至っている。

欲呆け、金呆けで理性が埋没して再生が出来なくなっている。人間が人間を滅ぼす要因は、欲望の制御が出来なくなった人間の能力、知力、知恵の限界だ。短時間の犯罪行為も何ら罪の意識もなく、反省する事も出来ない侭にお終いを迎えている現状に対する認識もない侭に去りゆく運命でしかない。

三島由紀夫は、

「しかし人類が滅びたら（中略）地球なる一惑星に住める人間なる一種族ここに眠る」

と墓碑銘を書くと記している。彼は人類の滅亡についてどのような考えを持っていたのだろうか。

（二〇二三年一月二三日）

終末時計

神々は一度だけ誤りを犯した　登場すべきで無かった人類を送り出して
生物の住める楽園を破壊させて責任を取る破目になった
神々は生物の死骸達を使って人類なる種族の退場を果たそうとしている

人類は二一世紀末まで生存が可能かどうか。「答えは否」となる。人類に残された時間は限りなく零に近い。その様な観点で世界を俯瞰してみる事にした。

奇快人が既に指摘した様に人類は「全ての事象の頂点」に達して仕舞っている。これこそが人類のお終いを指している。二〇二三年の一月も残り一週間となっている。ここで世界に目を向けて人間共がどの様な営みをしているのだろうか……。

絶滅危惧種の代表になっている人類が演じて居る世界、世相を通してつくづく考え、思うのは、

「我々は存在すべきで無かった何者かである。だから、我々はその存在を止めるべきだ」

（ショーペンハウアー）

存在すべきで無かった人類が存在して二〇万年にもなる。今なる現状は自らの手で生存が出来ない世界を作って絶滅危惧種の代表となっている。人類は絶滅しなければならない運命を背負って自らがその原因を作って追放されるのだ。

自然環境の中で適応して生存が出来ない弱き生物を、神々は如何なる思慮に依って送り出したのか。

最弱生物の人類が地球上の王者として振る舞いを始めたのは、一八世紀の半ば一七五〇年以降の事だ。その後の三〇〇年弱の間に人類が犯した罪は限りなく大きく、環境に対して、全ての生物に対して、生存出来ない世界を作って、人類も自らを追放する破目になった。宇宙で生物が生存して居るのは地球のみだ。無数の奇跡に依って全生物が守って貰っているから生存が出来ている。全ての命運を握っているのは宇宙そのものだ。

もう少し空間を狭めて考えれば太陽系、地球が全生物の命運を握っている。全生物の中で人類、人間共は特異な生物であるのは間違いない。最弱生物⇕最強生物——この線分の両端が逆転して最弱なる人類が最強生物の振る舞いをして今日に至っている。

西暦紀元になって二〇二二年が過ぎた。二〇二二年間で世界の人口は二億人から八〇億人と四〇倍になっている。地球が受け入れ可能な範囲を大幅に上回って限界に達している。人類は地球に生存が出来ている事実に対して感謝すべき立場なのだ。

世界中の人々が生存出来ているのは「当たり前で当然」だ、と全員が考えている。大地が有る、太陽光が届く、水が有る、酸素が有る、「有って当たり前」に感謝するのを忘れている。真に賢いならば身の程を弁えていなければならない筈だ。自らの身の程を弁える事が出来ないのは愚かな証であろう。絶対的な存在の「有って当たり前」に感謝するのを忘れているのは心の驕りであって馬鹿者と同じだ。

人類が居なくなる日「最終時計」（終末時計：核戦争などによる人類絶滅を危惧する象徴）なるものを調査している研究機関がある。二〇二三年一月の発表ではこれまでで一番短くなったと発表した。詳細な情報を得て居ないので記述できないのが残念である。但し奇快人の主旨と一致しているのは間違いない。

ここで現状の人間世界に目を向けて眺めてみると、愚人、愚かな人間共の姿が実相として視えて来る。戦争、内戦、内乱、テロなどの大規模な事態と個人に依る殺人事件がどの国でも急増している。人類はこれ程までに同じ仲間を殺すのが好きなのか。

全ては欲が根本にある。生物の中で同じ仲間同士で殺し合いをする生物は人類、人間共だけだ。人間の敵は人間だ。人間を滅ぼすのは人間だ。大きな要因の一つが人口の急増がある。一万年前の人口は五〇〇万人位であった。五〇〇〇年前で一〇〇〇万人、これ位の人口であったならば争い事は起きようがない。住んで居る場所が所有地の様なものだ。

家族以外の人々と接するのはお互いの喜びであった時代だ。誰もが全員が暗黙の信頼関係が存在していた良き時代であったと考えられる。ある面では地域全体が家族の様な一体感があったのではなかろうかと考えている。

その様な年月は長くは続かなかった。諸悪の根元は一八世紀半ばの第一次産業革命から始まっている。大量生産、大量消費、資本主義の定着と大型化、重労働からの解放、工業化の進展、工場生産の急拡大など、そのエネルギーは生物の死骸の化石資源だ。石油、石炭などの大量消費は第一次産業革命がなければ無かったのだ。

化石資源の大量消費は地球温暖化なる現象を起こして奇跡の「有って当たり前」を排除する力とパワーを持っている。太陽系、地球が作って呉れた奇跡の「有って当たり前」と文明社会が作った「有って当たり前」の両方を破壊して、自らの生存も出来ない世界を作った。

地球生物の全ては動物、植物、そして多くの昆虫、野鳥、微生物などは目に視えない緊密な連携をして固く手を繋いで居る。どの様な事なのか考えた事があるだろうか。地球は全ての事象のお終いは「土」に戻る事で完全リサイクルして来た。これを破壊したのは人類、人間共だけだ。「土」に戻るリサイクルの循環を無くして自らの生存を否定したのが人類なる人間共ですぞ。

生物の歴史は五億四〇〇〇万年だ。この長い間の全期間で全てのお終いは「土」に戻る循環を繰り返して来た。温暖化と「土」に戻る循環とは、緊密に連携をしていて一蓮托生なのだ。表現を変えて示すと生物資源、即ち生物の死骸達が怒り心頭に発して、人類、人間共に強大な復讐を始めたのだ。残念ながらその様に考えるのは奇快人が世界で唯一人ですぞ。しかと考えて欲しいものだ。

森羅万象は実は合理的に作動するものだ。一種族の利益の為に存在を許しては呉れないものと知る事が重要だ。生物の死骸達は人間共の世界で一年三六五日、毎日二四時間、休む事無く日常生活の中で人間にとっては無くてはならない存在になっている。食品トレイ、包装用の袋、その他全てにおいて死骸達が人間共の為に酷使されているのが現実だ。「土」に戻る循環を遮断して、そして温暖化現象も同時に併発させる事に依って死骸達の復讐は頂点に達している。その事実に気付かないのは欲呆け、金呆けの人間共だけだ。愚人は愚人とは思わないものだ。

「お終いの無い始まりは無い」如何なる事象も「全ては無でお終い」となる。宇宙の公理ですぞ。

近年は海中のマイクロプラスチックが急増して魚類の生存が脅かされている。人型の鯨を始めイルカ、サメ、マグロなどの絶滅が危惧されている。鯨などの死骸を解剖してみると胃の中からポリ袋や多くのプラスチックが発見されている。海の中と熱帯雨林は生物が最も多く生存する生物の楽園だ。海の中も生物の墓場と化している。熱帯大森林も絶滅の手前にある。温暖化に依って焼失面積の拡大で一層の温暖化が加速している。

全生物は一蓮托生の関係にあるので魚類、昆虫、動物、植物そして微生物もが、お互い「共」の一字で連携して生きて居る。共の字を無にした愚かな生物は人間共だけですぞ。

現代人は、世界中が資本主義の毒素が浸透して欲呆け、金呆けの算盤人間に成り下がって仕舞っている。現実は人類、人間共も絶滅危惧種の代表で保護される立場にあるのだ。そしてその様な認識は全く無い。金毒は全身に回って、これを除く良薬はないのだ。馬鹿につける薬が無いのと同じだ。

生物の死骸達は温暖化に依る気象災害と「土」に戻る循環を遮断する事に依って人類、

人間共が生存できない世界を呼び込んで、人間共に見事に復讐を完成させた。進歩や進化そして便利さなどは全て裏と表の関係で、一蓮托生で繋がっている。便利さを追求すればする程に不便さも同量となって増していく。

物理学の力の法則は自然界でも通用するのだ。一〇〇の力を加えれば一〇〇の反発力が返ってくる。人類は人間達だけの便利さを求めて、そして遂に「頂点に達した」人類は自らの手で自らの生存を否定した。存在すべきで無かった人類は「生存できない世界を自ら作って自らを追放する運命」であろうか。

地球上での生物の歴史は五億四〇〇〇万年だ。人類は二〇万年という最短年月で退場する破目になっている。考え方では二〇万年もの年月を生存が出来た事実が実は奇跡なのだ。人類は絶えず、そして何時も自分達だけの為に便利さや利益を求めて、ひたすら前進に前進を重ねて来た。他の生物に対しての配慮を怠っても、如何なる障害も発生しないと考えて居たのだろうか。

生物の死骸達は一〇〇年の酷使に対して人類二〇万年の歴史に終止符を突き付けて見事に勝利した。地球上の生物で人類、人間共を負かした生物は皆無なのだ。生物の死骸達だけがその偉業を成し遂げた。大きな賞賛が必要だ。そして拍手を送りたい奇快人の心情ですぞ。文明社会を作って僅か二〇〇～三〇〇年に過ぎない。大地、大気、海の中、土の中、全ての面で生物が生存できない世界を作って退場していく人間共は反省する事もなく、無責任にも悪行の遺跡を残して去りゆく運命か。

今日は二〇二三年二月一日だ。何時もの様に喫茶店で原稿を書いて居る。ロシアがウクライナに侵攻して三週間余りで一年となる。巨人ガリバーは小人を相手にかなり苦戦をしている様だ。狂老人プーチンなる人物は何を考えているのだろうか。勝利して当たり前の戦争で得るものは実は何も無い。

プーチン亡き後の人間世界で戦争犯罪人として名を残すのみだ。戦果もなく無意味な戦いで、双方で数十万人の死者が出るのは確実だ。ウクライナの国土を破壊し尽くして民間人の子供や老人、そしてウクライナの全国民を天国から地獄の世界に引き込んで如何なる報酬、戦果があるのか。プーチンが得るのは戦争犯罪人の罪名のみだ。数十万人の殺害はプーチンの元へもブーメランの如く戻って行くだろう。

生物の死骸の復讐と同じで必ず因果応報は正常に作動するものだ。プーチンも習近平も大国のトップ、最高権力者であって独裁者だ。しかしだ、人類八〇億人の中の一人に過ぎない。御両人共一秒先、一分先、一日先の命の保障は無いのだ。有って無いのは人生に於ける命というものですぞ。

絶大な権力を保有する独裁者の大きな権力に対して独裁者達の小さな器量、器の小ささは何を表しているのだろうか。権力の大きさに対応する大きさが無い。即ち安定感がないのが哲理でなければならない。位置のエネルギーが高い位置に有って安定な低位を目指している現実を知るべきだ。

「人の命は今日なる一日限りと思うべし、そして只今と思え」

親鸞の名言だ。

人類の居なくなる日、最終時計はこれまでで一番短くなっていると発表されている。

「存在してはならない存在が存在したのが善か悪か」

明らかに悪である。人類の終末時計は間もなく停止して愚かな人類が追放されて生き残った生物は安堵する事が出来る。人類、人間共の大罪は追放されても数千万年、数億年に亘って生物の住めない地球が残ってその復元は容易には出来ない。

存在すべきでなかった存在を許したのは神々だ。生物を創造した神々は自らの失敗を生物の死骸を使者として遣わして人間共に引導を渡したのだろうか。産業革命を起こし短時間で文明社会を完成させて生物の死骸達に復讐の機会を与えたのだろうか。神々が与えた能力、知力、知恵を自らの欲望の為に利用し、終末時計を遂に停止に追い込む。神々もなかなかやるものだと感心している奇快人だ。

人類、人間共の本性に重点が傾き過ぎたか。次回は緊張が増す国際情勢について独裁という観点から独自の考え方を示したいと考えている。

（二〇二三年二月一日）

独裁とは

二一世紀になった今、人類なる種族が演じて居る狂気の世界は
果てしなく何処まで続くのだろうか　狂気が狂気を呼び
演じられる狂態、狂宴は自らの自滅と墓標を立てるのみだ

西暦紀元になって二〇二三年と半年が過ぎた。二〇二三年七月四日、今日も何時もの様に喫茶店で原稿を書いて居る。そして改めて世界に向けて視野を広げて眺めて視ると人間

共のその余りにも憐れでもあり愚かさに驚かされる。

現在の地球人は東アフリカで誕生して二〇万年になる。存在すべきで無かった存在が生きて来た。表現を変えれば「生かして貰って来た」。誰もが人類なる人間が地球上で生存できるのは当たり前と考えて居る。そして人類なる種族が地球上から居られなくなる日は無いと考えて居る。

社会万般は「お終いの無い始まりは無い」。宇宙も銀河団も太陽も地球も原点、出発点が有って現在に至っている。お終いは必ずやって来る。これは宇宙に於ける不変の公理である。人類なる愚かな輩は自力で生きて居ると考えて居る。ここが根本的に間違っている。その事実に気付かない。

生存出来ているのは全て宇宙、太陽、そして地球が人類も含めて生存出来る場所、環境を提供して呉れているからだ。生物が生存できる環境など人類は何一つとして作る事は出来ない。

明治時代、大正時代、そして昭和の二〇年位までは庶民の大半は天地に対して畏敬の念を持っていた。天地とは太陽と大地である。生物が生存できるか、は天地が握っている。

地球なる広大な動物園の中で保護され飼育されている存在に気付く程の能力は無いのだろうか。保護されてそして飼育されている半端者、人間共は地球が存在する限り生存が可能と考えて居る。それ故に一年中、戦争や争い事を世界中で狂宴をして居られるのですぞ。「人間の敵は人間だ」「人間を滅ぼすのは人間だ」、人間にとっての人間は犯罪人でもある。人間が人間として存在する限り、人間社会で人間が仕合せ、幸福なる社会を築くのは不可能だ。現状の世界を眺めて視ると世界中が殺人狂時代となっている。大規模な戦争を始めとして人間が人間を殺すのが当たり前になっている世界は、人類なる種族が存在する限り無くならない。

国家間で行われる戦争は大規模な大量殺人と地球の環境破壊しかない。戦争は数百万人、数千万人の国民を不幸のどん底に陥れて、地獄の苦しみを与えるにも拘わらず、戦争なる殺人ゲームはこれからも人間共の生存している限りは永遠に続いて行く事になる。

欲望の制御が出来なくなって自らが自らの墓穴に入るまで気付くのは困難だ。人間が能力、知力、知恵が真にあればその様な繰り返しはしないのが理性だからだ。自らの保身、自らの利益、野心、野望などは愚かさの象徴に過ぎない。

ここから現実の世界に目を転じて、狂った世界の狂った今を眺めて奇怏人流の心眼、独想をもって分析して行く事にする。

ロシアのプーチンなる独裁者がウクライナに侵攻して早くも一年と五ヵ月が過ぎた。戦争は双方共にその被害は膨大なもので、勝敗に拘わらず何の利益も無い。地球環境の破壊と無差別殺人で軍人や民間人の死傷者は数十万に達している模様だ。

たった一人の狂人の仕業に依って幼い子供や老人、婦人など多数の国民から自由を奪い家族を地獄の世界に追い込んで、プーチンに、そしてロシアに如何なる利益が有るのか。亡くなって仕舞った両軍の軍人、民間人は生き返っては来ない。

一日中いつも何処からミサイルが爆発するか判らない、ウクライナの国民は一秒先、一分先の未来は暗黒世界になっている。八〇〇万人近い国民が国外に避難している。独裁者プーチンはウクライナでの民間人に対する無差別攻撃についてその責任を何も感じないのだろうか。プーチンの家族を始めロシアの国民が、ウクライナからプーチンが行っている同様の攻撃を受けて、一方的に殺傷されていたならば、ウクライナを激しく非難するのは間違いない。

ロシアの軍人も大多数は戦争を望んで居ない。如何なる理由で狂人の為に命を捧げる必要があるのか。隣国のウクライナの友人を殺害するのに正義などは無い。有るのは狂人プーチンの野心と野望だけだ。この二一世紀で最大の悲劇も「始まりがあったのだからお終いは必ずやって来る」。

プーチンは既に頂点に立って二三年になる。もう賞味期限が切れている段階だ。そしてその兆候が随所に現れている。頂点が永く続く事はない。プーチンも七一歳にもなる一人の老人に過ぎない。

プーチンを始めとして独裁者が支配する国々は、数十カ国は存在する。世界を大きく激動させる大国の独裁者は、習近平とプーチンの二人だ。独裁者は大半が軍人だ。武力をもって国民を威圧してその頂点に立って居る。頂点に立った独裁者は真の強者なのだろうか。ミャンマーの軍事政権そして北朝鮮の金坊や、その他エジプト、ベネズエラ、イランを始め独裁に近い政権は幾らでも存在する。

どんな大国の独裁者も所詮は一人の人間に過ぎない。一秒先も一分先も未来は如何なる保証もない。何よりも自らの命、天命は決まっていて、如何なる権力も動かせない。

「お終いは必ず来る」

独裁国家では主要ポストは側近で固められておって異論は出ない。独裁者に対して異を唱えるのは自らの首が無くなる事だ。絶対服従が原則だ。独裁者は一度その位置につくと全員が終身に亘ってその地位を守ろうとするのが常だ。自らを神格化して教育の場でも自らの思想を正義として教える。スターリンを始めとして独裁者は自らの銅像を多く建立して絶対的な服従を要求する。

独裁国の国民の自由は完全に無い。独裁者は国民を守る事は決してしない。国民を迫害して自由と財産を奪って、自らが唯一つの正義なる考え方に依って成立している存在だ。自らが法律だから法に依って裁かれない。法は自らの守護神でその他は全て悪なのだ。プーチンは一方的にウクライナに侵攻してウクライナを、そして世界を大混乱させた。国土の大半を破壊し民間人を無差別攻撃して殺害して来た。戦争犯罪者として歴史に名を残すのみだ。

ロシアの軍人一〇万人~二〇万人が死傷したとの報道もある。ロシアの軍人は大半が善良な一般国民だ。家族もあり又その一員だ。唯一人の狂老人プーチンの為に命を捨てる必要など有る筈がない。

狂老人プーチンの野心、野望が四二〇〇万人のウクライナ国民の平穏な生活と自由を奪い殺害して、人生の夢や希望を無くしそして一秒先、一時間先の未来さえも失わせて地獄の世界に追い込んだ。

六月に起きた巨大ダムの破壊工作、はたまた原子力発電所への攻撃などは常軌を逸している。しかも攻撃はウクライナ軍が行っていると発言し、支離滅裂の論理を主張している。独裁者は自らが法律であって自らが唯一つの正義なる考えで成立している。有力な閣僚は全員がイエスマンで異は唱えない。政権は腐敗しているからこそ長い間に亘って維持出来ている。そしてこれからの短時間にロシアに如何なる事態が発生するのか。

人生とは如何なる人間も、全ての人について思惑通りに運ばない様に出来ている。この原則は庶民も独裁者も同等だ。プーチンなる独裁者は自ら仕掛けた罠に自ら嵌って溺れている状態なのだ。強く視えるのは弱くて、弱く視えるのが強い場合もある。それが現実ですぞ。人生は所詮、有って無いのも同じだ。一場の夢に過ぎない。

考え方では一秒にもならない生涯だ。どんな悪事を仕出かしても生時有限だ。しかも命の箱は長くても一〇〇年でしかない。また人生は一秒先の未来なる時間は如何なる保証も無いのだ。不慮の死は万人に対して差別なく訪れる。例外はない。独裁者の末路は全て惨めで憐れであって悲惨なものだ。

しかし乍、考えてみれば当たり前の妥当な報いに違いない。自らの権力維持の為に多くの国民を迫害し殺害した歴史を考えれば軽い罪だ。暗殺、自決、処刑などに依ってお終いを迎えている。プーチン、習近平、二年前に民主化政権を武力をもって崩壊させて誕生したミャンマーの軍事政権は国民を敵として対処し現在が在る。丸腰の国民に銃を向け発砲し、時には戦車や戦闘機まで動員して国民を殺害して来た。この二年間で民間人三〇〇〇～四〇〇〇人を殺害との報道もある。

どんな強力な独裁者も国民が存在するから成立している。独裁者は何故なくならないのか。これからも独裁者が増殖して行く可能性は大なのだ。

戦争は無くならない。争い事も人類が生存している限り無くならない。何故か。人類なる種族の人間共は根本的にいって賢くない。欲望の制御が出来ない。「始まりからお終いまで」同じ失敗を繰り返して来た。その過程について真から反省して深慮して来たならば現状とかなり違った世界が出来ていただろう。

戦争の愚かさは世界中の誰もが承知している。どの国の政治家も独裁者も判って居る。にも拘わらず戦争や争い事が常時、そして世界中で起きるのは何故なのか。地球人としての統一された考え方、基本方針を策定して来なかった。

この一点に尽きると奇快人の小生は考えて居る。この件について改めて原稿を書いてみたいと考えて居る。

（二〇二三年七月一〇日）

巨悪、大罪の清算

人類なる種族は絶滅危惧種であると断定した奇快人だ 人類が今なる今日も生きて居られるのは全て奇跡に過ぎない

世界中で発生している温暖化に依る気象災害は、人類のお終いのお終いを強く暗示している。人類が地球上から居なくなる日、絶滅なる日を表す最終時計の秒針は停止が目の前に迫って居る。残念ながら地球人の全員がその様な認識はない。

欲呆け、金呆けで能力、知力、知恵が働かなくなっている人類が生きて行ける可能性は限りなく零だ。賢い様で賢くない。利口馬鹿の代表だ。人類はなぜ自らの手で自らを追放する結末になったのか。その根本的な原因を温暖化、経済そして金権、拝金社会なる姿を通して奇快人が徹底的に独自の奇想をもって分析してみる事にした。

二〇二三年七月も残り少なくなって来た。七月も連日が猛暑で三九度を超えて酷暑の毎日だ。早朝から毎日二七、八度となっている。人間共が自ら招いたこの悪魔現象はこれからどの様な形で人間共を地獄の世界へ案内して呉れるのだろうか。

これからが本番の悪魔君の登場となって人間共が大好きな戦争が出来なくなって仕舞う事態になって、自らの愚かさに気付く事になる。気付いた時が真のお終いだ。元に戻すのは不可能だ。悪魔君が大暴れ出来る舞台を用意したのは人間共だ。自業自得、天にした唾が自らの顔に落ちて来る。自明の理である。

人類なる種族は根本的にいって賢くない。身の程を弁えていない。全ては「程ほど、腹八分目」で満足が出来ない。この簡単な事が出来ないのが諸悪の元になっている。

地球上で生物が生存できているのは何故なのか。人類はこの点についての思慮が全く無い。一日でも生きて居られるのは奇跡だ。この様な考え方をして居たならば大きな誤りは無かったとも考えられる。

全ての原点は宇宙の存在に依って森羅万象が始まっている。天の川銀河、その中で太陽系の地球なる大舞台があって、人類を含めて生物の世界がある。奇快人としての小生は昨年二〇二二年六月に『人類は地球上に生存が許されざる存在になった　全ては人間が「過去や未来を考える動物」だからだ』、そして二〇二三年六月に『人類は二一世紀末まで生存が可能かどうか　答えは否だ』、二冊の著書を刊行した。そして今はその理論、予測の通りになっているのを見ていると、持論に満足している。

二一世紀になった今も地球人即ち人類は生存させて貰っている事実を認識出来ない。だから常時いつも何処でも戦争を始めとした殺人ゲームを繰り返している。現状の人類の世界は国も企業も国民も全てが経済システムに依って成立している。

経済システム、経済社会が欲呆け人間を虜にして拝金、金権社会を作った。国も企業も個人も盛衰はお金、マネーが支配する世界を作った。根本的な間違いはここから始まっている。本質的な理念が無くなって金儲けが目標になって堕落の頂点に達した。

人類なる愚かな輩が戦争をしたくても出来ない世界、そして欲呆け人間共が大好きなお金、マネーも何の役にもならない紙切れになって仕舞うと誰一人として考えていない。だがその現実は間もなく確実にやって来る。その時が人類のお終いの最終合図となるだろう。

二〇二三年の夏は世界が七月としては観測史上で最も気温が高くなったとの発表があった。地中海沿岸のギリシャ、イタリア、スペインなどで連日四二、三度なって殺人熱波と表現されている。米国のカリフォルニア州では五二～五四度となって人間の生存が出来ない様な事態が発生している。

現実問題として人類は生存が不可能の状況にあるのだ。四二、三度、五四度の高温は既に生存が不可の事態だ。人間が作った「有って当たり前」の電気、エアコンのお陰で辛うじて生きて居る。

人間が作った当たり前も温暖化なる悪魔君の反逆を止めるのは出来ない。人間共が作った「有って当たり前」も、温暖化を作った悪魔君は間もなく全て消滅させて、地球にとって地球生物に対して害人である人類に対して鉄鎚を下して引導を渡す事になる。「人間共が人間共に対しても犯罪人」であり、唯一の害人なのだ。

一日を生きて居られるのは奇跡なのだ。そして間もなく明日なる日が視えなくなる現実を知る事になる。二一世紀の今はもう既に人類は生存がなかり困難な状況の中に居る。何故か、お判りかな。

文明社会が作った「有って当たり前」に依って辛うじて生きて居る。四二、三度の気温では人間共が生きて行けない。ましてや五〇度以上では死しか待って居ない。

人間共は都市ではコンクリートの高層住宅で暮らして居る。エアコン、冷房が無ければ即、生きて行けない。電気と水の供給が止まれば、いとも簡単に死滅する運命でしかない。不慮の突然死は多くは個の人間に対して発生する。そして時には地球生物全体に及ぶ事もある。白亜紀末の六六〇〇万年前に発生した巨大隕石の衝突に依る恐竜達の絶滅などである。

短時間で文明社会を作って豊かで便利、そして快適な生活をして居られるのに満足している。一日を生きて居られるのは当たり前で、明日が来るのも一ヵ月、一年そして一〇年、千年、万年も人類が生存して居ると誰もが考えている。明日なる一日の未来が常時いつでも有ると考えている。

一秒先も未来は判らない。不滅はない。人類は自滅しかない。

ここから人類が自滅する根本、原因について考察して行く事にしよう。

①文明社会を作った事
②経済至上主義を作った事
③経済至上主義が効率を最優先して金儲けが目的になった事

お金、マネー、銭の収得が人生や国、企業、個人の目標になって、自然との共生、共立、共存の道を断ち切って仕舞った。自然との共存を遮断して多くの生物を死滅させ、また環境破壊をして自らの生存さえも否定したのだ。

産業革命以降の三〇〇年弱の短時間で人類なる種族が犯した罪は巨大なものだ。数万、数十万種の生物を絶滅させて生物の住める楽園を破壊して自らの存立さえも危機に陥れて今の世界がある。今日なる一日がある。

明日もあるのが当然で当たり前と考えている。現実は今日なる一日があるのが奇跡なのだ。そして明日なる未来が無いものと考えて然るべき日々なのだ。身近な所から考えてみると良く分かる筈だ。

エアコン、冷房が無ければ生きて行けない。大都市ではマンションや高層建物で暮らして居る。電気と水が停止してしまえば死体ばかりの大都市となって仕舞うではないか。近代文明社会を作ったのは自力で生きるのを放棄したのと同等なのだ。かなり難しい。その様に考える人間共は奇快人が唯一人だろう。

これからが本番を迎える温暖化に依る気象災害が如何なる事態を発生するのか。温暖化を作った原因は何か。温暖化を作ったのは人間共が効率そして金儲けを優先してシステムを作ったのがその始まりだ。人類なる人間共が真から賢い生き物ならば、化石資源の大量消費が温暖化を招くのは充分に予測が出来たと考えられるからだ。

人間共は二〇世紀代には原子力についても充分な知識や応用技術も有して居た。化石資源でない資源は沢山あるではないか。水素やアンモニアなど凡ゆる物質はエネルギーに変換できる事について、アインシュタイン博士は世界一美しい $E = mc^2$ なる方程式で明らかにしている。物質とエネルギーは互換性があると証明している。

なぜ地球環境そして生物に対しての配慮また人類の更なる未来を本質的に考えて、経済産業システムの構築をしなかったのか。化石資源を使用しないエネルギー政策を採らなかったのか。能力そして技術はあった筈だ。金儲け、拝金、金権思想が、そして効率至上主義が身近で簡単に入手できる石油、石炭に向かったのだろう。

全ては人間共が損得、お金、マネーの獲得を優先したからだ。自らの存在を否定する方向に動いた。その結末が如何なる姿か描く事が出来ない。或いは温暖化で生じる諸悪を甘く見たのか。目先の利便、効率は計算できても一〇〇年後の姿を視ようとしなかった。その一〇〇年後の世界が、現状なのだ。

二一世紀になった今日も大きな反省をしていない。同族を殺す為の軍事予算は主要国で三〇〇兆円と膨大な額になる。温暖化防止の予算はその予算の一〇分の一以下でしかない。各国は二〇五〇年までに二酸化炭素の排出を零にする方針を表明している。今から強力な対策を打ち出しても既に遅きに失して、間もなく幕を開ける地獄劇場の開演を止めるのは困難だ。

温暖化は現状でも人類は今日なる一日を生きられない。辛うじて生きて居るに過ぎない。文明社会が作った「有って当たり前」が今のところ作動して守って貰っている。温暖化が頂点に達して多くの地球生物の生存が出来ない。この点についても詳細にその論拠を示して来た。

地球上が大干ばつ地域と大雨に依って水没地域となって、生存が不可能となると予測をした。その兆候は顕著に表れているではないか。

世界中で多くの地点で気温が四二度を超えている。米国のカリフォルニア州では気温が五四度になったと発表された。殺人熱波と名付けられたこの高温は常態化して人類の生存は出来なくなる。平均気温で四二～四五度が常態になったならば人類は生きて行けない。気温が三八度を超えると命が危険に晒される。気温は上限がある訳でないので五四度を超える日が多くなる可能性も充分に有り得る。

風速も雨量も波の高さも如何なる制限もない。温暖化なる現象は人類が頭の中で考えた事のない世界を作って、断末魔の苦しみの中でのお終いになるだろう。現実の今なる世界で起きている気象異変に依る災害はこれから特定地域を越えて点が大きくなって面となって拡大して地球全域に及ぶだろう。

今なる現在も実は人類は絶滅寸前に立って居る。人間が作った「有って当たり前」の電気と水のお陰で辛うじて生きて居るのみだ。にも拘わらずその様な認識が無い。人間なる種族が如何に賢くない事を証明している。「有って当たり前」が無くなる。消滅するとは誰一人として考えていないのだ。

奇快人が指摘した様に大地が無くなる事などは有り得ない、酸素が無くなるのも太陽光が届かなくなる事態などは想像も出来ないのだ。人間共が想像できなくても温暖化なる悪魔君は必ずその目的を果たすだろう。人間共は最後のお終いまで愚かな侭で自らの巨悪を清算する事になる。

外出も出来ない、働く事も出来ない、工場もまた多くの商業施設も停止に追い込まれる。電気と水の「有って当たり前」が消滅して仕舞えば、いとも簡単に雑作なくお終いを迎えるだろう。絶滅危惧種と断定した奇快人に言わせれば、実のところはもう死滅しているのと同じなのだ。再び蘇る事はない。

温暖化に依る大気温の上昇は地球生物全体の命運を左右するのだ。そして間もなく頂点に登って仕舞う様だ。地球全体が亜熱帯となって人類も生存が出来なくなる。二〇二三年の我が国ニッポンも七月になって一ヵ月以上も最低気温が二五度以上の熱帯夜が続いて居る。

七月は雨の降る地域では雷雨で連日、大雨となっている。竜巻警報が常時、発表される。一方で海沿いの地域では七月の降雨はほぼ零で熱帯化している。周囲では雑草の一部が枯れ始めている。

自らが犯した巨悪について気付きもしないし、反省も出来ない侭に去り行く運命なのだろう。

文明社会を作る過程で真に人間共が自らの生存とそして他の生物との共生、共立、共存を最優先して、温暖化を招かない政策を採れた筈なのだ。水素を中心としたエネルギーで二酸化炭素を出さない産業構造を作る事が可能であったと考えられる。

出来なかったのではなく、やらなかったのだ。何故ならば金儲けを優先し効率を重んじたから安易な方法として化石資源を選んだのだ。一〇〇年後の世界で起こる事象について考える事が出来なかった。仮にも人類が真に賢いならば時間を掛けて膨大な資金を投じてでも、現在と全く異なる産業構造を作る事が出来ただろう。

二一世紀の今は水素エネルギーを利用した自動車が開発されて実用化されている。電気自動車よりも効率はかなり高いが未だコスト面で改善が必要だ。二〇五〇年を目標に先進諸国は二酸化炭素の排出を零にする目標を掲げている。残念ながらその目標を達成しても過去のこれまでの一〇〇年強の年月に放出され蓄積された二酸化炭素の量は膨大で温暖化現象を止める事は不可能だ。

温暖化に依る気象異変は間もなく頂点に達して間違いなく絶滅危惧種の人類はお終いになる。温暖化現象が顕著になって二〇年か三〇年になる。我が国ニッポンでも実は亜熱帯化している。雨が一滴も降らない地域、そして豪雨が連日に亘って降る地域と二分されている。大雨地域では竜巻情報が常時、発令されている。全ては温暖化に依る気候変動の一つだ。

小生が三〇代~四〇代の頃は未だ温暖化についての言葉はなかった。安定した四季があった。現状は四季の規則性がなくなって夏と冬に二極化している。人類は目先の利便に執着して便利で快適な文明社会を作ったと誰もが考えている。文明が進化、進歩する程ますます不便さ、不都合は増大して自らの存在さえも否定する事態になるとは些かも考えていない。真にもって人間共は賢くなる事は不可能な侭で終末に至る。

豊かに快適に過ごして来た僅か一〇〇年間に享受した利便に対して代償を迫られている

現実の世界は、人類六〇〇万年～七〇〇万年の歴史を消し去るのみだ。一〇〇年間に手にした利便に対して人類なる種族は自らの運命と交換したのですぞ。その愚かさに気付く事はない。温暖化が頂点に達する前に明日なる一日が無くなって居る。

これから温暖化について改めて考えてみる。

地球は生物の生存に関係なく絶え間なくそして常時、雄大なスケールで活発に動いている。地球生物の命運を握っているのは宇宙だ。

六億年前に地球全体が凍って仕舞った全球凍結なる現象が発生している。赤道直下でも海面下一〇〇〇メートルが氷に覆われた。数千万年、五〇〇〇万～六〇〇〇万年の間に地球は活発な火山活動に依って二酸化炭素を大量に排出した。

この二酸化炭素による温室効果で全球凍結（スノーボールアース）がお終いを迎えて、五億四〇〇〇万年前に海の中で多くの生物が誕生した。地球生物の全ては海の中が故郷なのだ。ここで大事なのが何故に海が存在したのか。大地が在った、そして大地の存在が水の存在の原点になる。

幾ら水が有ったとしても大地がなければ水の存在はない。大地も「有って当たり前」で地球人は感謝する事を知らない。広大な無限大の宇宙で大地と水があるのは奇跡なのだ。人類なる種族の如何なる技術をもってしても小石一つ作る事が出来ない。

宇宙の歴史は一三八億年と判って居る。地球は四六億年の年月を経過している。地球の寿命は、学者達は一〇〇億年と推定している。人類は地球上でお終いに誕生した生物史上で最弱の生き物である。哺乳動物は白亜紀の恐竜の絶滅のお陰でこの世に出る事が出来た。

六六〇〇万年前の巨大隕石の衝突が無かったならば、即ち恐竜達が生存していたならば人類は登場しなかったのだ。人類なる種族の巨悪はある面では恐竜に依って引き起こされたと考えるのも一興ではないか。

温暖化が頂点に達するその前のかなり早い時期に、人類は生存が出来なくなるだろうと奇快人の小生は考えている。現実は二一世紀末までは生存が不可能なる状態にある。海面の水温は世界中で観測史上最高になっている。多くの地域で五二～五四度の高温が記録されている。大気の気温と海面の温度も如何なる制限もない。世界中が亜熱帯となって気温が四五～五〇度になったならば人類は、死滅となる。即、生きて行けない。

電気と水が「有って当たり前」で、人間共は無くなって仕舞うとは夢想だにしていない。愚かさを証明している。人類が作った文明社会は「砂の上に出来た世界」水と風でいとも簡単に崩壊して仕舞う。人間共は科学技術を信頼し過ぎている。人間共の自らの力では如何なる事象も解決が出来ない。

その一つの台風について考えてみれば判る。毎年、膨大な被害や死者が出るにも拘わらず何も出来ない。台風の思うが侭に翻弄されているではないか。人間の能力はたかがその程度でしかない。台風のエネルギーを吸収して消滅させる程の技術さえも出来ないではないか。台風の進路の予測が出来てもその進路さえも変えられない。その様な状況だから温暖化に依って発生する大気温の上昇、海面温度の上昇は全生物の存在の全てが掛かっている。

二〇二三年七月一五日頃に台風七号が紀伊半島を横断してかなり大きな被害が予想されている。七月一一日正午には中心気圧が九四〇ヘクトパスカルと非常に強い台風になっている。温暖化に依って陸地に近付いても海水温が高いので、上陸するまで台風の勢力が衰えない。

人類はもう死滅寸前に立って居る。一日を生きて居られるのは実は奇跡だ。「明日なる未来が無い」世界は誰一人として考えても思っても居ない。その様に思う輩は奇怏人のみだ。

二一世紀になっている今は人類の命運が既に終わって仕舞っているのと同等だ。温暖化が頂点に達した頃には人類はもう地球上には一人として生存して居ない。現状も死滅している状況の中で全員、明日が「有って当たり前」と考えている。真実が視えない。真実を視ようともしない。そして真実について考える事も無い。

これからの数年間で起こる気候変動は愚かな人間共を恐怖のどん底に案内して呉れるだろう。地球上の多くの地域で平均気温四五～五〇度が平常となり生存が出来ない。今も生きて居られるのは「電気と水」が常時、供給できているからだ。世界的に多くの国で四二、三度となって冷房で辛うじて生かして貰っているに過ぎない。「電気と水」が無くなって仕舞えば即、只今にも人類は死滅ではないか。

温暖化に依る影響は宇宙が太陽系そして地球が数十億年の年月を掛けて作って呉れた奇跡の「有って当たり前」を排除して、人間共も含めて地球生物は生存が出来なくなる。「有って当たり前」の大地が無い。そして酸素が無い。水が無い。大地と水と酸素と太陽光は全ての生物の運命を左右しているのだ。人類は自ら作った「有って当たり前」に依って便利で豊かな快適な生活が出来て居るに過ぎない。

人間共が作った「有って当たり前」はその前段にある「有って当たり前」に依って守っ

て貰っているからだ。温暖化は人間共が有史以来これまで経験した事がない悪魔現象を招来し、その状態が平常化して自らの生存を強く否定したのだ。

文明社会を仮にも作らなかったならば、人類は生物の中で優等生として生きられた筈ではないか。人間共も所詮は愚か者でしかない。人生が災難だと考えていない。生きて居るのは当然で権利であると思っているのだ。なぜ生きて居るのか。欲があるから生きて居る。夢とか希望、目標が有る内が人生の全てである。

人生で生きて居てその存在意義があるのは、竜宮城の中に居る間だ。当たり前の事が当たり前に出来る、行動の自由がある、何時でも何処にでも自由に行ける、人生は竜宮城に居られる年月は戦前まではおよそ五〇年であった。人生五〇年時代が真の仕合せの時代なのだ。現状の世界は全員が不幸、不運の中で短い人生を「苦界、苦の世界」でお終いを迎えなければならない。真にもって御愁傷様だ。

大気温が四五度前後で平常化したならば、そして冷房が出来なくなれば如何なる事態が生じるのだろうか。大都会を始めとして簡単に「死滅世界」だ。戦争とは比較にならない死者が出て人間共は生きられなくなる。温暖化なる気候変動は短期間で人類を含めて全生物を滅亡させる力とパワーを有して居る。

異常が常態の四五度で何億人が亡くなるのだろうか。電気と水は停止するだけで人間共は生きて行けない世界を作って絶滅あるのみだ。

一五〇年、二〇〇年前、電気は無かったのだ。その当時の生活をして居たならば、何一つ不自由は無かった。水道もガスも無い、文明社会の全てが全く無い世界が愚かな人間共が生き残る唯一つの道なのだ。

そして元の世界に戻る事は出来ない。即ち生存は不可能となる。この一〇年位で世界の大森林で大規模な山火事が毎年発生して、ますます温暖化が加速されるだろう。環境破壊が限界に達して、温暖化に依る気候変動は間違いなく頂点に達する。

先月のキプロスでの山林火災、八月のハワイ、マウイ島での大山林火災等、世界各国で発生する自然災害は温暖化に依る人災だ。今なる現状は「明日なる未来」が無い状態と同じだ。

その様な中、世界中で起きている人間共が引き起こす多くの事象を眺めて視ると、人間共の余りにも憐れで愚かさに驚かされる。「明日なる未来」さえも見通せない中で戦争を始めとした醜い殺人ゲームを繰り返しているではないか。人間共が演じて居る諸々の宴は間もなく終演を迎える事になる。人類なる人間共が自らの手で幕を閉じるからだ。

現実の世界は世界中で戦争を始めとした争い事は常時そして何時でも何処でも発生して止む事はない。中、ロ、そして米国を始めとした先進国は、軍事力の強化に向けて膨大な予算を計上して、地球人なる同胞を殺害する為に懸命の努力をしている。人間共は人間共に対して犯罪人だ。人間を滅ぼすのは人間共だ。人間共の敵は人間共なのだ。

人間共が人間共を殺害するのは正義だという考え方は、人間世界のみ存在する。人間共は真からの愚か者ゆえに自らの手で自らを殺害まで仕出かすとは今も考えていないし、思ってもいない。自らが起こした温暖化なる悪魔的な気候変動を通して「明日なる未来」が無くなった。

人間共の最終章は大好きな戦争がしたくても戦争が出来ない。地球環境に対して巨悪の清算をする事になった。戦争も出来なくなった、大好きなお金、マネーも単なる紙切れになって何の役にも立つ事はない。

人類なる生物が消えてなくなるのは地球にとっても、また全生物にとっても唯一つの朗報なのだ。

（二〇二三年八月一八日）

生きること

人生一〇〇年時代は幸福か

人生の全てを卒業して今まさに故郷の天国に帰れるのは人生に於いて唯一つの幸運と考えるべきだ

人生なる存在は許されざる存在だ。人生は災難と思うべし。然らば長寿は罪悪となる。「人類なる種族は地球上でその存在が許されざる存在でしかない」ならば人生もまた許されざる存在となる。

その様な中で奇快人の小生も女房殿も八五年と少々の年月を生きて来た。考え方によっては奇跡に依って生かされて来た。何時も考えそして思っている。毎朝の目覚めがあると未だ生きて居たかと思う。

如何なる苦痛もなく息が絶えて天国に帰って居たならば極上の人生だ。天国の閻魔大王は奇快人夫婦の来るのを、首を長くして待っている。一分でも一時間でも早く急行したい気持ちで一杯ですぞ。女房も同感だ。

一日でも長生きしたいなどと思った事は一度も無い。人生は許されざる存在だ。依って天国に早く帰る、愚かな人間世界からの脱出は、至上命令と考えるのが良い。竜宮城を卒業して間もなく四年の年月が過ぎる。八〇歳の手前で天国に帰って居たならば極上の人生であった。天は快く天国に戻る事を認めなかった。そして今日も辛うじて生きて居る。「雄大な無駄、華麗な無駄」を目標に道楽三昧の八一年弱の年月を竜宮城の中で暮して来た。極上の人生であったと女房共々、日々に感謝している。

竜宮城の中と外の世界は全く異次元の世界だ。何故ならば普段の普通の生活が出来ない。当たり前の事が当たり前に出来なくなる。言葉や文章で記せば簡単だが「死に体」で生きて居るのと同じだ。真ん中の「に」を取れば死体となる。死体で生きて居るのは大変なのだ。

人生なる生活は善か悪か、人生は許されざる存在か。生きて居たいと考えている人達はどの位いるのか。その中で人生の仕合せ、幸福一杯の人達はどの位いるのか。反対に生きて居たくないと考えて居る人達はどの位いるのか。

そして何故に生きて居るのか。死を希っている人の割合は何パーセント位あるのか。浮世に決別したいと考えて居る人達は何故に生きて居るのか。死への決断が出来ない不甲斐なさに苦しんで毎日を悩んで、無理矢理に生きて居る自分に対して何を考えて居るのか。

昨年末の二〇二二年一一月に日本財団が自殺に関する世論調査を発表した。一八～二九歳の男女を対象に一四〇〇〇人の回答をまとめている。

それに依ると何と驚く事に五〇パーセントの人が自殺を考えたと回答している。決断して実行した人は一〇パーセントを下回るだろう。一〇代、二〇代の若者が何故に自殺を考えて居るのか。本来ならば人生で夢と希望に満ちた最良の位置に居る若者達の半数が、自殺を考えたとの答えは日本社会の実相を示している。

石原慎太郎世代の戦前派の我々には考えられない。戦前派世代は誰もが子供の頃から労働をしていた。働くのは当たり前であった。二〇代～三〇代の若かりし頃は労働しなければ生きて行けなかった。家族を養うために全国の国民が懸命に働いて自らの力で生きて居た。家族が家族であった良き時代でもあった。

家族も団結して家を守って居た。犯罪などは起き様がない社会が実在していたのだ。社会が近代化されて凡ゆる分野でセーフティーネットが作られて、働かなくても生活が出来る世界を作って犯罪は急増する事になる。如何なる悩みも相談役が居て手助け、助言、援助をして貰える。従って自力で生きる術を奪った。

そして遂に自力で考えるのも出来なくなって堕落の底に転落した。日本人社会は「理不尽、不条理、矛盾」の山だ。狂った世界で生きるには狂った人間になるのが一番だ。狂った人間に成れない人間は狂人の仲間になれない。

いったいこの落差は何なのか。日本の社会は形式社会、形式人間集団である。そして何もかも「逆さま社会」になっている。逆さまが正常になっている。狂った世界で狂人の仲間に入れない若者達が自殺願望になったのだろうか。「悪い奴ほどよく眠る」、小狡い小悪人にとっては「狂った世界」は楽園だろう。

二一世紀の今の社会で生きて居たいとは全く思わないし、また考えた事も無い。簡単に言えば魅力が無い。男が居ない、そして女が居ない。男と女もボーダレス化が進んで男おんな、女おとこの世界は日本人の堕落の象徴だろう。人間共は落ちる限界まで達して滅び行く運命か。人間以外の生物では有り得ない世界は人間共だけに存在する特異な現象だ。

人類も人間の前に動物の一種族だ。動物も植物も全てオスとメスで構成されている。オスとメスが居ないのは絶滅と同じだ。かなり判り難い。

宇宙は原子なる物質で出来ている。原子は電荷で出来ていて㊉と㊀の同量の電荷で出来ている。この様に絶対的な公理に反しているのが現状の人間共の世界となる。原子は陽子、中性子、電子で出来ている。陽子は(+1)、電子は(-1)の電荷があって、原子は陽子と電子の数が同数なので全体では電荷は0である。

この三つの素粒子がないと宇宙は成立しない。太陽もその惑星の地球、その中で生存している全生物も三つの素粒子のお陰で存在が出来ている。㊉㊀、この電荷が無ければ歴史は始まらない。

即ち生物の世界でのオスとメスは同等だ。人生を真っ当に考えて生きて居る人々が限りなく零に近い。日本人は真実について考えない。真実を視ようとしない。真実が視えない。狂った世界を作ってその中で暮らして居る。狂った世界の住民は狂っている世界が平常なのだ。堕落とは人間共の世界では何処にでも存在する。男のいない、そして女のいない世界は生物界では有り得ない。宇宙で⊕と⊖の電荷が無いのと同等なのだ。即ち宇宙が銀河が太陽系が無いのと同じですぞ。

人生の最終点に着いて、考える事はどの様な世界、そして考え方なのか。人生は無いのが唯一つの強運だ。人生は災難だ。「人生五〇年が生涯」となる。故に長寿は罪悪なのだ。老人社会は無いのが理想だ。人生一〇〇年時代は不幸でしかない。一日を生きるのが面倒だ、そして苦痛だ。

人生のお終いは大半の人々が病院で病死している。故郷の天国に帰るのは決して波静かにはいかない。病魔君が天国に入るまでは心身に入って出て行かない。天国の中に入ったならば天国は永遠に天国だ。

人生はお終いの死が大切な儀式だ。人生は災難だ。四、九、八、九の煩悩の世界、四苦八苦となる。掛算をすると一〇八の煩悩があると昔から言われて来た。即ち「苦界、苦の生涯」だ。生時有限、生者必滅、「お終いの無い始まりは無い」。どんな苦界も森羅万象、社会万般に亘って全てお終いがある。天の配剤はどうしてなかなか旨く出来ている。

人生もお終いの死が在るのは宇宙の英知と考えるべきですぞ。愚かな人間共にとってお終いの死が無ければ暗黒世界の中で悩み苦しみもがいて右往左往して果てしなく生きなければならない。お終いの死は万人に対して平等、対等そして格差の無い天国が待っている。

人間の存在は善か悪か。奇快人の小生も今は天国の入口に立って居る。強運に恵まれて不慮なる突如の出来事で到着したならば最良の死に様だ。一時間、一〇分、そして一秒でも早く直ちに天国に帰りたいと願い思って毎日を生きて居る。

身体は「死に体」だ。天国の住人が浮世に生存しているのは人間共だけだ。人生一〇〇年時代は愚かな、そして浅知恵が招いた誤りだ。残念ながらその様に考える人間は奇快人が唯一人ですぞ。長寿は罪悪だ。死体で生きて居るのは生物の世界で公理に反している。

天国の入口に立って居る立場で考えてみると八六年近い年月が存在したのかどうか、通り過ぎた時間は一場の夢だ。あんなに元気で面白人間のあいつもあの若さで天国に帰って強運だと言われるのが至福となる。

早死には如何なる死に様でも苦界なる浮世を早く脱出して強運と考えるべきだ。人生で最良の日とは死んだ日、命日だと記して来た。人生は災難だ。

人間は許されざる存在だ。人生は無いのが唯一つの強運だ。故に「短命は強運」となる。天国の住人になれば即、「苦界、苦の世界」は消滅して永遠の天国は変わる事はない。

天国では病気になる事はない。災難に遭う事もない。人災もない、お金を稼ぐ必要もない。家族への心配もない。凡ゆる悩みも苦痛も心配事もない。だから永遠に天国は天国なのだ。

人間共は愚か者だ。死を忌まわしみ嫌うが、死なるお終いが有るから救われるのだ。死が在るから天国だ。死が無ければ地獄ですぞ。篤と考えて欲しいものだ。

奇快人の小生は一日の余命でも悠久なる時間だと考えて居る。一〇〇年を一秒とすると一分は六〇〇〇年、一〇分六万年、一時間三六万年、一日二四時間は何と八六四万年となる。一時間三六万年、一日八六四万年を過ごした事になる。この様に考えて生きて居るのは世界中で唯一人、奇快人のみだ。

常識を捨てろ。常識を離れろ。我が人生を我が志を持って生きるべきだ。奇快人の遺言だ。人生も終点に着いて考えてみると明日が無いのが理想だ。枯木に花が咲く事はない。死体で生きている人生では明日が有るのは、地獄の世界と同じだからだ。この答えは是非とも自ら解答を考えて欲しいと願って居る。

（二〇二三年五月二一日）

人類の狂気

人類とは如何なる生物なのか　人間について人生について
人類、人間、人生の三つをキーワードとして考えてみた

奇快人と称して半世紀と六年が過ぎようとしている今日今頃です。昨年は「人類は地球上に生存が許されざる存在になった」を主論として、人類の存亡について奇快人の独想、奇想なる持論について記述して来た。二〇二三年六月にはその続編として「人類は二一世

紀末まで生存が可能かどうか」を書き上げた。そして今なる世界を眺めて視る。

人類が演じて居る狂気、狂態は如何なるものなのか。この様な生物が存在して居られたのは何故なのか。人間は、地球上で生じる全ての「事象」、即ち社会万般について狂暴な犯罪人であって害人でしかない存在になっている。この様な種族は動物の中で人類だけだ。

地球上で生物が生存できているのは全て奇跡だ。地球生物の命運を決めているのは宇宙だ。身近な範囲に絞れば太陽系の中での地球となる。

人類は浅知恵と愚か者ゆえに自力で生きて居ると考えて居る。そして間もなく自力で生きて居られない事に気付くだろう。気付いた時は既に遅きに失して後の祭りでお終いを迎える事になる。人類は地球生物の中では最弱の生き物だ。にも拘らず最強生物として三〇〇〇年近い年月を過ごして来た。

能力、知力、知恵を信じ、過信して正確な現状認識が出来なかった。人間共は能力、知力、そして知恵の使い方を誤って絶えず自らの利便のみを考えて前方だけを見て文明社会を作った。

能力、知力が欲望の制御が出来ない存在になった。そして狂った世界を作った。狂った世界で生きるには狂った人間になるのが一番だ。狂った世界の中での狂った人間共は全員が皮相人間だ。中身の全く無い損得勘定人間共だけだ。

儲かるかどうか、損をするかしないか、高いか安いか、狂った世界の皮相人間共は銭勘定だけは全員一致の算盤人間ばかりだ。人間が人間としての尊厳そして美徳を忘れて演じられている世界はもはや人間ではない。そう考えて居る奇快人だ。ここで奇快人の川柳を二種記してみる。

ケチなヤツ　ハラドスグロク　ナサケナシ

ニッポン人　砂利と同じで　区別なし

人間共の世界で演じられている狂気、狂態の姿は何故に無くならないのか。国と国との争いである戦争その他、地域での内戦、そして内乱、個人あるいは複数人に依る殺人など、人間共は人を殺すのが正義と考えて行われる行為が戦争だ。従って戦争なる殺人ゲームは人類なる人間共が居なくなるまで続く事になる。

世界の指導者達は、全員がこれからも戦争が何時でも何処でも出来ると考えて居る。即ち大馬鹿者だ。戦争が出来ている間が人類にとっても華かも知れない。人類なる種族は滅び行くべき宿命を負って誕生した。存在してはならない存在だ。

愚かな人間共は地球上から居られなくなるその日まで、愚かな侭で終演を迎えるだろう。現状の世界は多くの国で懲りもせず戦争や内乱がある。人間が自ら人間である美徳を手放して、人間社会での人間共は永遠に仕合せ、幸福への扉を閉ざした。

人間共が人間共を殺す為の予算は世界中で二〇二二年度は日本円で三〇〇兆円に上る膨大な予算だ。世界を動かしている政治家達の頭の中は正常なのか狂っているのか。間違いないのは、一人として賢者は居ないのだ。

人類は今なる今、毎日が命日と考えるべき状況にある事実に対して如何なる見識もない。故に戦争をしていられるのだ。人類なる種族は最弱の生物だからこそ近代文明社会を作った。自分達だけの利便のみを優先して他の生物、地球環境に対する配慮を全くしなかった。そして自滅する破目になってどの様な墓標を立てるのだろうか。

奇快人としての小生は二〇二三年六月に『人類は二一世紀末まで生存が可能かどうか答えは否だ』なる表題の著書を発表した。地球にとって又、地球生物に対しての犯罪行為は万死に値する重罪で償う事が出来ない。理性が埋没して欲望のみが大膨張して、その答えが現状の世界となった。

たった一人の独裁者に依る野望、野心が人間共を不幸にし悲惨な地獄の生活を強いても何の反省もしないし出来ない。その様な独裁を許しているのは物言わぬ国民でもある。その責任の一端は一人ひとりの庶民にもある。

西暦なる年代になって二〇二三年になる。この年月は地球生物が絶滅する様な大事件が幸いにも発生しなかった。その様な訳で人間共は殺人ゲームなる戦争をして来られた。神々はたった一度の失敗である人類を地上に送り出した責任をもっと早く決断し、人類なる狂悪犯が重罪を犯す前に成敗すべきであった。そう考えて居る奇快人ですぞ。

遅まきながら神々は生物の死骸を使って人類なる種族の地上からの追放を実行しようとしている。生物達の死骸は良く健闘して神々の期待を今まさに達成しようとしている。生物の死骸達は平穏な静の眠りから起こされ、この一〇〇年近い年月を酷使されて怒りが頂点に達している。一〇〇年の酷使に対して二〇万年の人類に退場への最終のシグナルを突き付けた。その復讐は間もなく完遂されるだろう。

愚かな人間共が如何なる戦争という殺人ゲームを際限なく繰り返しても、人類全てを抹殺できない。最も巨大な地球規模のエネルギーが必要なのだ。二億五〇〇〇万年前の生物大量絶滅事件の様な地球自身が起こす変動だ。この大事件から二億五〇〇〇万年の時が流れている。また六六〇〇万年前、白亜紀に発生した宇宙からの巨大隕石の衝突からも充分な時間が流れている。宇宙からの巨大隕石などの落下は概ね一億年に一回位であると計算されている。

「お終いのない始まりはない」人間共の演じる世界の狂気、狂態などは宇宙規模の視点から視れば有って無いのと同じだ。巨大隕石の衝突では白亜紀の恐竜達が全滅した。二億年近い長い間を生物の王者として君臨した恐竜達も一個の巨大隕石によって一瞬にして二億年の歴史の幕を閉じる事になる。

神々も地球活動までは自由に出来ないのだろう。もしもそれが可能ならば人類なる人間共が地球に対して、又その他生物に対する悪行の数々を防ぐのも可能であったのだろうか。その様に小生は考えて居る。森羅万象、社会万般は一秒先の未来は判らない。不滅は存在しない。自滅は常在するのだ。人生は世界中、誰もが思う様に運ばない。

テオグニスは、「地上にある人間にとって何よりも良い事、それは生まれもせず眩しい陽の光を目にせぬ事」と語っている。これ以上の名言は無い。

国連のグテーレス事務総長は、温暖化に依る気象災害について人類の存亡に係る重大事であるとして警告を発している。戦争以上の多大な影響を及ぼし人類の安全保障が脅かされると発言した。

残念ながら世界中の政治家は、この問題を過小評価し本格的な対策はお粗末そのものだ。殺人の為の予算は主要国で三〇〇兆円に上る。温暖化防止の為の予算はその一〇〇分の一だ。人類が地球上で存在出来なくなる事態は有り得ないと考えて居る。人間共の頭の程度はその様なものでしかないのだ。

お終いは必ずやって来る。宇宙の公理である。生存が許されざる存在になったのはおよそ三〇〇年前からだ。第一次産業革命前の生活水準で満足して居たならば、自らの自滅は無かったのだろう。二〇万年も生存が出来た最大の要因は、最弱生物なる自覚を持って神々の意向に沿って恭順に生きて来たからだ。

人間が人間であった。人間として誇りを持っていた。人間としての身の程を弁えていた。人間として美徳、尊厳、正義、信頼、思いやり、助け合う、分かち合う、相互扶助など、他の動物にない良さがあった。

何よりも節度、程ほど、腹八分目、幾多の謙虚さがあった。人類が道を誤った原点は一八世紀の産業革命以降の事だ。天地に対して尊敬の念を全員が有して居た。自然の中で暮せる生活に感謝していた良き時代であった。

豊臣秀吉に仕えた名将黒田如水は我が主は天にあると言っている。戦国時代の武将が天、即、宇宙規模の考え方をしていたのは世界広しと言えども如水唯一人であろう。五〇〇年前の黒田如水から較べてみたならば今なる世界の指導者達の愚かさには驚かされるばかりだ。

諸悪の根元は人口の急増である。地球の受容できる容量を大きく上回った事だ。人口が適切なバランスを取れていたならば争い事や紛争は抑制される。僅か二〇〇〇年で世界の人口は四〇倍になっている。

もう一つの誤りは資本主義が世界中で浸透して本道を逸脱して金権、拝金一辺倒の世界を作った。資本主義なる経済社会になって企業も庶民、国民も全員が、金儲けがその目標になって狂った世界を作った。金儲けが唯一の目標になって人生の理想、理念が無くなった。皮相人間は皆全員が算盤人間となって堕落の頂点に立って居る。

お金、マネーなる物質が人間共を魅了し虜にする原因は何なのか。世界中の国、企業そして老若男女を問わず金銭の呪縛から逃れられない。お金、マネーには呪いが掛けられて居る。能力も心も無い人間が考えて作った貨幣なる通貨、マネーは確かに魔力を持っている。善と悪の両方の顔を持ったお金、マネーは不思議な存在なのだ。人間共の命を救うのも可能だ。一方で殺人を含めて犯罪の多くはお金、マネーが関与している。

国も企業も個人も人類なる人間共はお金、マネーの虜になってその生涯を束縛されてお終いを迎える運命となる。世界を支配しているのは実はお金、マネーで有る事に気付かない。世界を動かしているのは政治家達だ。その政治家もお金、マネーに依って動かされている。その呪縛から逃れる事は出来ない。

多くの事象の着地点が金儲けになって自然との共生が出来なくなった。自然との共生、共存、共栄、共立を金権の為に遮断して地球生物が生存できない世界を作った。にも拘わらずその認識が無い、また気付く事も出来ない。

大きな視点で考えてみたならばお金、マネーは人類の存在さえも否定する力とパワーを持っていた事になる。お判りかな。かなり難解ですぞ。資本主義も本来の目的を離れて、

①金儲けが目標になった

②金儲けの為には効率が優先される

便利で豊かな社会生活を目指して近代文明社会を築いた。そしてその過程では生物達の

死骸の利用が最も重要だったのだ。化石資源の大量消費が如何なる結果を齎すのか充分に予測が出来た筈だ。

文明社会を支えているのは経済だ。従って金儲け、効率至上主義が地球温暖化現象を誘発して自滅への道を自ら作った。残念ながらその様な認識が無い。経済が金儲け第一主義そして効率最優先で金権、拝金社会を作った。

人類なる人間共は文明社会を作って便利で豊かな生活をして、たかだか一〇〇年でしかない。そして人類は自らの手でその存在を否定した事になる。天にした唾は自らの顔に落ちて来る。この自明の理さえも欲呆け、金呆けで盲目になった人間共は気付く事も出来ない。経済の中で金権、拝金、そして金儲け、効率一辺倒の姿が諸悪の根元ですぞ。

人類は滅び行く宿命を負って誕生した存在でしかない。そして如何にも人間共らしいお終いの姿は欲呆け、金呆けで自らの首を絞めてその墓標を立てるに至ったのだ。お金、マネーに魅せられて呪われた。呪縛から逃れられなかった。

生物の死骸と自らが生んで育てたお金、マネーが復讐するとは頭の片隅にもなかったに違いないのだ。自滅への道は人間共が、欲が深すぎて理性を大きく上回ったからだ。私利私欲そして野心、野望がその根源でもある。

そして二一世紀の今なる現状の世界も、

「人間の敵は人間だ」

「人間共を滅ぼすのは人間共だ」

人間が人間の為に作った世界で人間共が幸せ、幸福な世界は無い。

「たった一つの不運――それはこの世に生れ出た不運」

シオランの名言だ。


大量絶滅事件から二億五〇〇〇万年が過ぎた。巨大隕石の落下から六〇〇〇万年の時間が過ぎた。未来は一秒先も判らない。宇宙、太陽系、地球などの活動に依って恐竜達の様なお終いを迎えるのが先か、人類なる人間共が自ら作った悪魔君が一歩先に鉄鎚を下すのが先なのかは誰にも判らない。

生きて居るのも死ぬのも定かでない。生きて居ると思えば死ぬ。未来は一秒先も判らない。未来が判らないから生きて居る。

（二〇一三年六月五日）

人生における害悪

人類は生存が許されざる存在だ　然らば人生も
許されざる存在でなければならない　人生なる生涯の
お終いに着いて居る　奇快人の人生論を総括して眺めて視た

生を得たのは死ぬ事である。死ぬ事は生きた証である。凡ゆる人生は何らかの悪い事を含んでいる。その様な人生で存在して仕舞う事は常に害悪である。

デイヴィッド・ベネター

人生の終点に着いている奇快人の人生観はどの様な世界であったのか、改めて我が人生について総括してみる事にした。この世に生を得たのは災難か。人生は許されざる存在か。人生で仕合せ、強運なのは「始まりの無いのが唯一」であると考えている奇快人の小生は生死についてこれまでも多くの考え方を示し記して来た。

死後の世界についても明快に描いて来たと自負と自信を持ってその答えを提示した。死後の世界、天国についてもその答えを明快に示し誰もが理解できる姿、世界を描いて満足して居る。天国とは熟睡した状態が無限大に続く世界として説明して来た。これ以上の明快なる説明は無いと考えている。

人生とは「生死」である。生死を奇快人流に表現するならば生は天国からの出発だ。死は天国に戻る事だ。人生が災難ならば天国を出ないのが仕合せ、強運となる。

人間五十年 下天の内をくらぶれば、夢幻のごとくなり
一度《ひとたび》生を得て滅せぬ者のあるべきか

織田信長の好んだ「敦盛」の一節。

この程は浮世の旅に迷ひ来て　今こそ帰れ　安楽の空

と初代福岡藩主・黒田長政が詠んで居る。

奇快人の持論は「人生五〇年満期説」が理想と考えている。人として生を得たのが災難ならば、逃れるには短命が良いのが自明の理である。老人社会は無いのが理想の世界とな

る。そして老人社会などは実は無かったのだ。老人社会が出現したのは未だ一〇〇年にもならない。現在は人生一〇〇年時代なる表現が定着して不幸社会の到来となっている。

人生が災難ならば長寿こそが罪悪となる。小生も人生の満期を三五年も超えて生きて居る。天国の住人たる人間が社会で生存しているのは、本来は有ってはならない。無理矢理に生きて居るのだから良い事は一つも無い。人生のお終い、命日は万人に与えられている夢であって希望であると思え。天国は永久に天国だ。

人生の生死について改めて考えてみよう。奇快人としての人生論は竜宮城の中にいる間が人生の全てでなければならない。

改めて竜宮城について説明をしてみる。竜宮城の中とは健康な体を維持している年月を指す。表現を変えれば自由人となる。動物としての本能である行動が何時でも何の支障もなく出来る事を意味する。日常の生活が自然に出来る。当たり前の事が当たり前に出来る。仕合せ、幸福なる世界は考え方に依っては竜宮城に居る間は天国に住んで居ると同等なのだ。

天国の中では愚かな人間共は天国を感じる事はない。天国と地獄なる表現は人間共が日常でもよく使う言葉だ。地獄は誰でも判り易い。地獄なる世界に入って初めて天国が見えて来るものだ。地獄なる世界は経験しないと判らないものだ。苦痛、苦難、苦労の世界である。人生は無いのが唯一つの仕合せ、強運というものですぞ。

人類なる生物、動物は本来、存在が許されざる存在である。然らば人生も許されざる存在であるべきだ。

来し方は一夜ばかりの心地して八十路あまりの夢をみしかな　　貝原益軒

過ぎし年月は八〇年も一〇〇年も今なる今の瞬きの一秒も同じである。所詮、人生は一場の夢でしかない。考え方では一秒にも満たない人生と認識、悟るのが大事だ。一秒にも満たない人生の多くは暗黒世界でしかない。右往左往、三苦の世界を彷徨い続けて天国に戻る運命だ。人生で唯一つの良い事、それは万人がお終いに天国に戻る事が出来るのが救いであって夢である。天国に戻るのが不可ならば暗黒の世界を何時までも彷徨い続けなければならない。

奇快人と称してから半世紀と五年が過ぎている。天国を出て八一年の間は竜宮城の中に居た。七〇代の後半かその手前で天国に戻っていたならば最高の人生だ。道楽三昧の人生を八〇年近くも過ごせたのは仕合せであったと考えている。「雄大な無駄、華麗な無駄」

が身上で自由気侭にやりたい事、したい事は何でも楽しんで来た。我が人生に悔いはない。妻も人生を楽しく過ごせて喜んで呉れているのは何よりも有難いと思っている。

食べ物にも食べ頃がある。花々にも見頃がある。人間にも「死に時」がある。この天国に戻るべき時間が天命だ。

「チルサクラ ノコルサクラモ チルサクラ」

良寛和尚の名句であって人生の全てを見事に描写している。

「面白きこともなきこの世を面白く」

高杉晋作の辞世で、人生とは浮世に存在する限りは暗黒世界の住人なのだ。

生時有限、生者必滅は宇宙の公理であって不動のものだ。

人類なる種族は生涯の多くの時間を暗黒世界の中で悪戦苦闘の中を生きて居る。現世がどんなに不幸でも死後の世界を考えて天国なる架空の世界を作って救いを求めたのだろうか。天国と地獄の間を行ったり来たりの往来が人生なのだ。若かりし頃の地獄も時間が過ぎて仕舞えば天国であったのだと気付く事がある。天国と地獄は両隣の友人ですぞ。

奇快人の小生も毎日、天国と地獄の間を往来して過ごしている。病魔君が大人しく静かにして呉れている間は天国なのだ。病魔君の機嫌が悪く暴れている間は地獄の苦しみを与えて呉れる。我が病魔君は天国に戻るまでは同居して離れて呉れない友となっている。一〇〇年を一秒と考えれば人生は一秒に満たない短い夢だ。只今は小生も天国に戻らなければならない良い時期を迎えている。余命が一〇分、一秒でも出来る事なら即刻にも出立したいと考えている。天国に戻った日、命日は人生で最高のオメデタイ日ですぞ。

人生とは万人が誰でも如何なる立場の人間も一秒先、一分先……一日先……未来の保障は無い。二〇代、三〇代……五〇、六〇、七〇、八〇、九〇代……老若男女の万人は明日が有って当たり前と思っている。現実には不慮の死は毎日、日常の茶飯の如く発生して死亡している。

一分前に元気だった若者が交通事故で亡くなったり通行中に突然に通り魔殺人で亡くなる事件も多発している。その他、旅行や娯楽での中で予想もしなかった出来事で亡くなるケースも数多い。スキー場で雪崩に巻き込まれ、また樹木に激突して若者の男女の死亡も報告されている。

誰もが自分が今日にも命が無くなるとは頭の片隅にも無かったに違いないのだ。人生とは一秒先も見通せないし、そして如何なる命の保障もないのだ。一秒なる時間も定かでない人生だからこそ信念を持って生きるべきなのだろう。

不慮の死は世界中でどれ位の数になるのだろうか。その様な統計がないので奇怏人の推計である。

米国では拳銃に依る無差別乱射事件で年間二万人が殺害されている。拳銃に依る自殺は二万四〇〇〇人と発表されている。小一の坊や、若い女教師が拳銃で大怪我を負ったと大きく報道されている。日本でも一三歳の少女が四三歳の母親をナイフで殺害する事件が起きた。人生は一秒先の世界も全く視えない暗黒の世界だ。これこそが人類の本性を見事に示しているのだろう。

国家に依る戦争なる大規模殺人も個人に依る殺人も人間が人間を殺すのは同じだ。第二次世界大戦では六〇〇〇万人位が死亡している。人間が人間を殺すのは人類なる種族の特異な習性なのか。「人間の敵は人間だ、人間を滅ぼすのは人間だ」。二一世紀になっている現状の世界も多くの地域で殺人ゲームが繰り返し起きている。

人間ほど愚かな生物は地球に存在しない。西暦になって二〇二二年が過ぎた。この間、数えきれない戦争を繰り返してその悲惨な悲劇を見て来ているにも拘わらず、教訓とし生かす事が出来ない。

唯一つの不運――「この世に生れ出た不運」（シオラン）

この浮世に生を得たのが災難だ。仮にも天国を出なければ病気になる事も無い。自然災害に遭う事もないし如何なる災難にも遭遇する事もないのだ。人生とは暗黒世界の長いトンネルの中を通って天国に戻る道程がその生涯となる。

どの様な地位、立場に居ようとも万人に対して平等で格差は無いのだ。天国と地獄は人間の体に巻き付いている存在だ。天国は天国に居る間はなかなか気付かないものだ。反対側の地獄の中に居ると誰もが天国を感じるものだ。毎日、天国と地獄が見える様になるには浮世の俗世、俗欲の世界を卒業しないと視えないものですぞ。

人生において凡ゆる災難、災害から逃れる方法が一つだけ有る。出発点の天国に戻るしかない。即ち「死」である。天命を超えての人生の死は御愁傷様でなくオメデタイ日と考え方を改めるべきだ。常識なる固定概念は止めようではないか。

毎日が命日と思っている一日だ。余命一分でも驚く事はないし喜んで天国に赴きたいと考えている。毎日まいにち天国と地獄の間を行ったり来たりの日々である。天国と地獄が身に染みて感じる様になるには俗世、俗欲の世界を卒業しないと判らないものだ。竜宮城を出て視えない世界が視えて来ると天国の入口に着いた事になる。真に「死」について考え向き合ってみないと人生の全貌は理解できないのだろう。

竜宮城の中にいる間は「死」なる一文字が頭の片隅に浮かばないのが当たり前だ。即ち明日がある、一ヵ月、一年、一〇年、二〇年、三〇年と生きて居るのが当たり前と考えている。それ故に欲が有るのだ。夢や希望などは竜宮城の住人である証拠である。竜宮城を出ると何故に俗世の欲が無くなるのか。考えた事があるだろうか。

答えは今日なる一日、そして明日が無い事を意味する。人間が如何に愚かでも今日が明日が無いと考え、そして思うならばどんな欲望や夢、希望など必要が無くなるのだ。この様な日々になると天国と地獄が鮮明に視える様になって天国の住人になる資格が得られると考えるのも一興だ。

毎日が天国に居る、そして地獄も同居している命日が日常になって、楽しく暮らして居る日もそんなに悪くはないのかも知れない。夜になって毛布に包まって寝る、まいにち朝を迎える事が出来る、何事もなく朝が迎えられる日々こそが天国なのだ。

竜宮城内にいる間は考えた事も無い多くの出来事が天国なのだ。何事もなく一日二四時間が過ぎて一ヵ月、一年と人生を積み重ねて今なる現在がある。これこそが天国なのだ。

寒い冬の間は小生は一〇時間か一二時間は毛布に包まって寝る。五時間か七時間の間は熟睡している様だ。この熟睡している時間こそが天国の住人になっている。天国の住人を毎夜五~七時間位を過ごして目覚めると今日も一日を生きなければならない。今日なる一日が無かったならばこれ以上の仕合せはないと考えている。

奇快人の唯一の不運は短命でお終いに至らなかった事のみだ。長寿は罪悪でしかない。

「人類なる種族は生存が許されざる存在であった」

人生もその存在が許されざる存在と考えるならば、全員が退場すべき存在でなければならない。

小生も八五年もの長い年月を生きて居る。生きて居るのが不思議な位である。そして奇跡なのだろう。中国の古人は「人は生きるも死ぬも定かでない」「生きて居ると思えば死ぬ」と語っている。一秒先も一分先も未来は判らない。今、今と言う今は今でなく今と言う間に今は過ぎて行く。名言である。

人間なる愚かな種族は仕合せ、幸福を感じて楽しく嬉しく暮らすのは至難だ。何故ならば天国に居る間は天国を認識できないからだ。一日が何事もなく平穏に過ごせる退屈な時間は奇跡であって天国と知るべきだ。この様な心地になるには日々が命日、死である覚悟が出来てからだ。

欲なる全てを超越するのは俗人にとってかなり困難であると考えられる。その域に達せずに未練たっぷりで天国に嫌々いく生涯、人生が大半の様だ。文字通りこれこそが御愁傷というものだ。天国は万人に対して差別をしないし格差はない。天国に誰もが喜んで永遠の楽園への旅立って欲しいものだと考えている。人生で最重要なのはお終いの時期とその仕方である。

奇快人の小生は人生のお終いは「嬉自死」するのが良いと考えている。人の生涯は天国を出てそして天国に戻る事だ。俗な表現をするならば生を得たのは死ぬ為である。死は生きた人生の証である。小生は死期を迎えて最も良い時期に達していると考えて喜んでいる。何よりもアナログ人間として人生をお終いに出来る人間の一人として誇りを持って出立できる。現在のデジタル人からみればアナログ人間は化石人間なのだから。

ここで大事なのはデジタル時代のデジタル人間は森羅万象、社会万般についてその本質、真実の姿などについて考える事が出来ない、また考えようともしない。大きな視点に気付かない。デジタル時代は心の無い世界だ。

人類だけの利便、豊かさを追求して文明社会を構築した。人類のみの繁栄が可能であると確信して「全ての事象の頂点」に達している人類なる種族は、奇快人の考えでは全生物の中でその能力、知力が実は頂点に居るのでなく一番低い底辺にいる存在としか思えないのだ。

人類が居なくなる日「最終時計」は間もなく停止する。間違いなく訪れる。思考が停止して考える事が出来なくなった。そして自力でも生きて行けない。その様な人類は生存が許される筈がないと考えるのが自然体でなければならない。人類なる種族は強欲でそして姑息な生き物の代表でしかなかった。人類はなぜ地球人として差別のない便利で平和で豊かな社会を作れなかったのか。

デジタル社会の到来は人間なる種族が人間を自ら放棄する事に他ならない。人間が人間で無くなる事は自らの生存を否定したのだ。にも拘わらずその認識が無い。考える人間が不在なのを示している。不滅は存在しないが自滅は常在する。人類なる種族は自滅する為に存在したのだろうか。この先もデジタル化は猛スピードで進行して、行きつく先は最終時計の秒針を止めるだろう。

人類だけの利便の追求はどれほど進歩しても人間共に仕合せ、幸福な世界を作るのは不可能である。何故ならばこれまでの歴史が如実に示しているからだ。目標に着いて仕舞えば全て「有って当たり前」になって仕合せとは感じないからだ。

ロダンの名作「考える人」の彫刻がある。デジタル時代の現代人はその反対の考えない人々である。奇快人流に言うと「中身の全く無い」皮相人間となる。皮相人間が集まって皮相社会を作っている。その皮相社会は「黄昏領域」の中である一寸先も視えない世界「暗黒世界」だ。

自らの頭で考えるのを停止した。そして自らの力で生きられない。進歩しての頂点はこの様な世界でしかない。人間が人間として存在する限り仕合せ、幸福になるのは不可能であろう。

では現状の社会で人民は何を考えて居るのか。銭勘定、即ちお金、マネーが頭の中、心を占拠して算盤人間ばかりだ。人類なる種族の愚かさを、そして人間の本性が如実に表れている。

大きな視点で考えてみれば、経済が国も企業も個人も支配している。人間が利便の為に作った貨幣、通貨、お金、マネーが人生の全てを支配しているのですぞ。人生なる生涯が始まりからお終いまでお金、マネーに支配される世界は、生物界に於いて人類なる種族のみだ。

犯罪の大半はお金、マネーの強奪が目的で大半を占める。強盗、窃盗、殺人、放火殺人等の犯罪の大半はお金、マネーの奪取が目的なのは明白である。人類なる種族は生存すべきでなかった存在でしかない。考える事が出来ない。自力で生きられない。物質文明、便利社会なる文明社会は頂点に達している。デジタル社会は人類が達した自滅への終点である。

諸悪の根源は金権、拝金主義が人生の目標になって人生をそして企業も国家もお金、マネーに支配され奴隷に成り下がって自らが不幸社会、格差社会を作って修正するのが出来ない。人類なる種族が存在する限り戦争は無くならないし争い事も続くだろう。

生時有限、生者必滅「お終いの無い始まりは無い」人生なる生涯などは考え方に依って一秒先も一分先も命の保証などは無い。一秒にも満たない生涯はその大半は暗黒世界の住人として暮らさなければならない。

現状の世界で本当に真に生きて居たいと考えて居る人々はどれ位いるのか。その逆で生きて居たくないと考えて居る人々はどれ位なのか。世界の人口は八〇億人、その一割位の人々は自殺を考えて居るのではなかろうか。実行する人々は五パーセント位であると考えられる。

半数位は辛抱して嫌々無理に生きている。決断できない自身に対してその不甲斐なさを嘆いて仕方なく空虚な日々を送っているのだろう。仮にも苦痛がなく楽に天国へ戻る薬が開発されたならば、間違いなく天国は大繁盛で人口の急増にも歯止めが掛かって人類にも地球にも貢献できる筈ではないか。

人類なる生物は愚かな点では最高位にいる王様だろう。人生は天国に戻って終結する。天国の入口に立って初めてその全貌を視る事が出来る。体でしみじみ感じるものだ。我が人生も振り返って眺めてみれば八五年もの年月が存在したのかどうか。

二〇代、三〇代の写真を見てその姿の変貌に驚かされる。人生は無いのが唯一つの仕合せ、幸運となると日々に感じている。この世に生を得たのが災難ならば人類なる種族全員が皆同じだ。どの国でも地域でも男も女も平等で格差はない。

現在の世界は経済が国も企業も個人もお金、マネーを得る為に働いている。お金、マネーに支配されている世界だ。堕落の大元は金権、拝金が人生の目標になっているからだ。経済格差のみが頂点に達して庶民達は未来に希望が持てない、明るい展望の視えない世界に失望して若者達の自殺は急増している。

資本主義なる経済システムは格差が出来るのは必然なのだ。勝者と敗者に二分されるのは当たり前の事に過ぎない。

大富豪と呼ばれる人の資産は庶民の二三〇〇万倍と言われている。一人の庶民と二三〇〇万倍なる巨大な倍率、数字である。世界一の大富豪、世界一の権力者、世界一の有名人、名誉、地位のある人も平等なのは時間のみだ。即ち一秒先、一分先の未来について如何なる保証もない。頂点とは不安定が最も高い位置に居るのを示している。頂点に登らなければ転落する事は無い。

浮世は実は合理的に出来ている。庶民が望むべきでない煌びやかで優美な世界、豪邸、多くの召使い達、贅沢な食事、衣服その他、お金、マネーで取得できるものは何でも有る。富、名誉、名声、地位、恵まれ過ぎている世界の住人、天上人の世界も一秒先、一分先の未来は如何なる保証もない。ホームレスも乞食も名誉、名声、地位も未来の保証がないのは全て平等だ。

頂点に達した人達の人生は真に仕合せ、幸福なのだろうか。人生では天国に戻った日、命日が一番の大事だ。人生でのお終いの日は人生で最大のオメデタイ日でなければならないにも拘わらず、頂上に達した人達のお終いは、頂点とは程遠い悲惨な最期が多いものだ。安楽に天国へ戻っていけない。苦しみ抜いてそして自らの不甲斐なさを嘆いて未練たっぷりで嫌々天国に行く。

嬉自死などは考えられない哀れな人達に過ぎない。優雅で煌びやかな生活は過ぎて仕舞えば瞬きする一秒よりも短いものだ。時間は止まってくれない。


一七二六年に英国で刊行された『ガリバー旅行記』が朝日新聞社から発売されている。執筆時ジョナサン・スウィフトは五六、七歳であったと記されている。三〇〇年前にこの様な物語を書いたスイフトなる人物に敬意を表さずにいられない気持ちだ。

小人国、巨人国、空中に浮いている国、そして馬が主人公の国の世界、この馬が主人公の世界こそが人類なる種族が目指した究極の理想が描かれている。小人、巨人、空に浮かぶ国の人間の世界を政治、経済、学問、芸術、法律などを通して人間の愚かさ、憐れさ、凡ゆる「理不尽、不条理、矛盾」の世界を痛烈に批判し皮肉っている。

現在の二一世紀の世界と三〇〇年前も人間共が進化する事なく愚かな事実は変わりようがないのだろう。名家、名門の一族について「勇ある男子なし純なる女子なし」と言っている。名家、名門、名声、名誉、地位などは人間の中身と無関係とも言っている。スウィフトが描いた世界は二一世紀の現在もそのまま通用するのには驚かされる。

文明の進化と心、精心の進化とは反比例する様に悪化する一方だ。スウィフトが考えた世界、人間の愚かさ……等々は奇快人の小生の考え方と多くの部分で一致している。人間の世界で偉いと言われている人物で真の偉い人物は居ない。半分位または多数が犯罪者の分類に入るのではないか。犯罪者たるべき人物が最上階で居られるのは人間共の特徴であろうか。

お隣の韓国では歴代大統領の半数かそれ以上が退任後に逮捕されている。国民が選んだ国のトップが逮捕される事実は何を示しているのか。多くの人々によって選ばれた大統領である。全ての責任は衆愚の国民にもある。三〇〇年前にスウィフトが描いた「ガリバー旅行記」第四部の馬が主人公の世界では、人類なる種族が願い求めた理想の国が描かれている。

争い事が無い、即ち戦争が全く無い。戦争なるものが如何なるものかを知らない。病気が無い、欲が無い世界だから平等、対等で格差も無い理性のみが大変に優れていて何事も話し合いで解決し、合意して仕舞えば不平不満は誰もが持たない。全て自然体な世界、人類なる種族が決して決して実現できない世界を三〇〇年前に描いて見せて呉れたスウィフトなる人物に只々、敬意を表すのみだ。

西暦になって早くも二〇二三年が過ぎた。二一世紀の人類なる種族は動物として人間として尊厳と美徳の全てを忘れ、損得勘定が心を占拠して算盤人間ばかりだ。儲かるか、損か得か、高いか安いか、全てはお金、マネーの銭勘定の生涯になっている。愚かさの頂点にいても反省すら出来ない存在になっている。

太陽系の中にある地球なる奇跡の動物園の中で保護されて飼育して貰っている人類なる一種族。何もかも忘れて自らが動物園の園長さんに成り上がって振る舞って、御満悦の様だ。人の命は生きるも死ぬのも定かでない。生きて居ると思えば死ぬ。中国の古人の言葉だ。一秒先も一分先も未来の予測は出来ないし、そして如何なる保証もない。

その様な世界の中で人類は愚かな侭で進歩する事無く、堕落の頂点の中でお終いを迎えようとしている。奇快人の小生も人生の旅を既に終了している。天国に戻るには最高の位置に着いている事に満足している。

そしてつくづく、しみじみ考えてみる。人生の存在は善か悪か。人類なる種族の存在を許した神々は何を間違えたのか。存在すべきでなかった種族の一人としての人生は許されざる存在でしかない。その様な心境の奇快人の実感である。

全てに「お終いがある」。神々が作った英知であろう。

（二〇二三年二月二五日）

失ってきたもの

生きて居たい世界そして生きて居たくない世界
人生は災難だ　長寿は罪悪でしかない　然らば「短命は幸運」となる
奇快人の持論である

奇快人と称して半世紀と六年が過ぎようとしている。人生は「生⇕死」である。天国から追い出された日、即ち誕生日がその出発点だ。天国を出た瞬間にお終いの死が宣告されたと同じだ。天国を出て天国に戻る。この年月が人間共の生涯となる。

天国に戻るまでの時間、年月と人間の仕合せ、幸福などは関係ない。人生が災難ならば天国に早く戻った生涯は幸運となる。人生は「苦界、苦の世界」とお釈迦さんは説いている。簡潔で名言だ。釈迦の短い言葉は王家も名門、名家、大富豪、独裁者その他、万人に当てはまる究極の哲理だ。

世界中誰一人として自らの意志、願望で天国を出発した人間は居ない。人生は人間として生きて居る限り苦の世界の住民に過ぎない。苦労、苦痛そして苦難の中でしか生きられない。

人生一〇〇年時代は不幸世界と酷評した小生だ。何故か考えた事があるだろうか。戦後の七〇年位で人生が二倍の一〇〇年になった。人生一〇〇年時代は人間が愚かだからこそ招いた愚かさの産物なのだ。奇快人の小生もあと一ヵ月で御年八六歳の老人だ。この年まで生きて来たのは唯一つの本物の不運だろう。

只今の心境はと問われるならば、今日なる一日そして一時間、一〇分、一分、一秒でも早く即刻、天国に戻りたいと考えて居る。人生は災難だ。長寿はなぜ罪悪なのか。ここで篤と考えてみる事にしよう。

一つは動物として人間として日常の生活が困難となる。当たり前の事が当たり前に出来なくなる。行動の自由が無い。身体機能が低下して老化に依って発生する病魔君が同居して天国に戻るまで離れて呉れない。かなりの苦痛だ。若くて元気な間に不慮の死に依って早死にして居たならば大きな幸運だろうと思っている。

今の心境はどの様な世界観なのか。なぜ生きて居たくない世界になって仕舞ったのか。今なる今日は「死に時」としては最も良い時期を迎えている。本物のアナログ人間として人生をＥＮＤ出来るのは幸運なのだ。そして現状のデジタル社会の人間共から見ればアナログ人間は生きた化石と同じだ。

戦前生まれの人間達は何時も自らの頭で考えて生きて来た。そして自力で懸命に働いて生きた人達なのだ。我が人生を振り返って眺めてみるならば、生きて居ても良い人間として良さがあった。戦後の数年間は極端な食糧不足の時代で国民全体が飢えていた時代でもあった。

奇快人の小生は子供であったので苦しいとも大変だとも何も判らなかった時代だ。昭和という時代を四〇年、五〇年過ごせたのは仕合せそして幸運であったと思っている。貧しかったが人間が人間として良心、思いやり、助け合う世界が存在した。良きお終いの年月だ。義理人情が溢れて誰もが隣人、友人などに気配りする優しさのある世界があった。報恩の気持ちを全員が持っていた。

現状の豊かなそして便利さは人間としての良心の全てを追い出して生きて居たくない世界を作って今の現実の世界がある。人間共は自らの便利さそして豊かさ、快適な生活環境を作る事に集中し全速で走って近代文明社会を作った。人類の進化、進歩は自らが自滅の道を突っ走った事実に気付かない。

文明社会は人類が築いた最高の成果と考えて居る。そして遂にデジタル時代を迎えてお終いの幕が開いたのだ。デジタル時代は人間が人間である大切さを放棄するのと同等なのだ。デジタル時代の人間共は自らの頭で考える事が出来ない。自力で生きるのも出来ない。

ＤＸ情報社会での人間共には「義理人情、報恩の気概」などは全く無い。自らが人間である事実を否定している。ＡＩが社会全体に広がってますます考える力が弱まって行くのだろう。文明社会は「砂の上に出来た世界」に過ぎないと前にも指摘した。水と風でいとも簡単に崩れる様に出来ている。進歩が究極の頂点に達して自滅する運命になるとは考えて居ない。

奇快人流に考えると今の日本社会は狂った世界となっている。狂った世界で生きて居る。狂った狂人が正常なのだ。狂気が平常な人達とは正常な人は生きて行けない。何もかもアベコベになっている。悪が正となり正が悪となっている。義理人情、報恩のない世界で生きて居たいなどと思った事はない。

そして男の居ない世界そして女の居なくなった世界はもはや人間世界ではない。世界中でボーダレス化が進んで「おとこおんな、おんなおとこ」が平常になっている。小生は男そして女の居ない世界が存在しているのは人類なる種族のみですぞ。テレビのドラマ、コマーシャルに出演している若者は戦前、戦中に生きた側からみると全員がゲイボーイだ。着物、スカート、ワンピースなどを着用して全員が男を男と見破るのは困難だ。

肌色は白く筋肉は無くそして体毛も無く女の体になっている。重労働をしない。楽して旨いものを食べて芸の無い非芸人の収入は多い。デジタル社会での若者も高齢者も自らの頭で考えようとしない。真実について考えない。真実を視ようとしない。真実が視えない。

全員が拝金、金権人間でお金、マネーのみが全ての価値を決めている。銭勘定が正義となって形式人間集団の日本人は算盤人間でしかない。これ以上は下に落ち様がない堕落社会となっている。

この様な世界に一日でも生きて居たいとは思えない。生きて居たいと誰もが望む世界の再来は無いだろう。人間が人間として生きて居た頃の女達は当たり前だが、全員が女として生きて居た。女世界の文化、しきたり、身振り、手振り、体の動作の一つ一つに女の奥深さがあった。何よりも声は女達にとって重要なもので女達の魅力を支える大きな武器でもあった。今は女の魅力を感じる女は居なくなっている。声を聞いていると男か女か判断が付かない。

その一方で日本人は全員が去勢された利己主義が主流になっている。欧米の先進国と違って政府や企業に対して反対、異を唱える事はない。どんな悪法も自公政権の思う侭に通る。政権が倒れる可能性は零だ。

デジタル時代になった日本では人間の重みが無くなって全員が皮相人間ばかりだ。中身の無い超軽量の狂人達で構成されている。演劇の世界を眺めて視ると明瞭となる。テレビやラジオなどの無かった時代の芸人達は全員が役者として誇りと本物の確かな芸の持主で聴衆を魅了する芸達者しか居なかった。芸にも凄さと重みがあった。良き時代で現状の日本の芸能界とは月とすっぽん位の差があった。

その全てが軽量でシャボン玉の泡の様な世界とは比べようもない。落ちる限界にまで落ちて如何なる反省も出来ない。本物は存在しなくなった。似非、偽物が本物に化けて何も感じない。依ってアベコベ、逆さま社会だ。

以上の様にアナログ人間には生きて居たくない社会となっている。そして今なる今は浦島太郎の心境なのだ。

「人生五〇年満期説」が理想と考えて来た。奇快人にとって唯一つの不運は現在も生きて居る事だ。人生は災難だ。長寿は罪悪でしかない。老後などは本来あってならない存在が良いのだ。

罪悪なる日々の中で一日を生きるは一悪だ。毎日が一悪そして二悪なる世界で生きて居るのと同じだ。明日があるのもこれからの未来は全て悪の世界しか待って居ない。人生で一つだけ良い事があるならば、如何なる人間もお終いがある。人生でお終いの死があるではないか。天国なる故郷がある。そして人間は自らの意志で天国に帰る事も出来る。
前述したが「嬉自死」なる死に様が良いと奇快人の小生は考えて居るのだ。生きて居たくない世界で生きて居るのは中々どうして大変なのだ。枯木に花が咲く事は無い。

（二〇二三年七月一五日）

慈しみつつ死す

人生は「善か悪か」　半分は天国の住民、半分は浮世で、
一日を辛うじて生きて居る　そして人生は「悪」でしかない

人生とはと問われるならば「人生は死ぬ為に生まれて来た生涯」となる。人生は無いの

が唯一の強運だ。「人生は災難」だ。依って「短命こそが幸運」となる。反対に長寿は罪悪となる。

人間達は在りもしない天国なる世界を想像したのだろうか。長かろうが短かろうがその一生は「苦界、苦の世界」だ。人間達は誰もが仕合せ、幸福な生活を夢として生きて居たい生き物なのだ。永遠の安楽の世界を望んでいた筈なのだ。

現実の世界、人生は「暗黒の世界」でしかない。そこで唯一つの救いとして不変の天国を想像して安楽の世界を作ったのだろう。この天国なる考え方は宗教そして国籍を問わず共通の概念である。昨年も今年も多くの著名人が故郷の天国に帰って行った。心からオメデトウなる祝意を表したい奇快人ですぞ。人生のお終いの命日は人生で最良の日なのだからら。

天国とはどの様な世界なのか。天国はなぜ永遠に天国なのか。考えた事があるだろうか。奇快人流の天国論をこれまでにも何度か記述して来た。熟睡している状態、時間が無限大に続く世界なのだ。即ち「無」の世界となる。人間で無くなって仕舞えば物質、原子なる素粒子の世界だ。

天国に帰るとは宇宙が出来た直後の世界に戻る事ですぞ。奇快人のみが考える世界は常識とは無縁なのだ。これから「死」に対面している人間達はどの様な心境なのか。著名人の辞世を参考にしながら眺めてみる事にした。

面白きこともなきこの世を面白く　高杉晋作

この程は浮世の旅に迷い来て今こそ帰れ安楽の空　黒田長政

極楽は十万億土と遥かなりとても行かれぬ草鞋一足　一休宗純

人間五十年 下天の内をくらぶれば夢幻のごとくなり
一度《ひとたび》生を得て滅せぬ者のあるべきか　織田信長

露と落ち 露と消えにし 我が身かな 浪速の事も 夢のまた夢　豊臣秀吉

死なる現実に対面して人間達は如何なる事を考えているのだろうか。死に直面して対峙して大半の人々は恐れを抱いているのは間違いない。死にたくないと考えるのが普通だろう。一日でも長く生きたいと願って居る輩が大半の様だ。

「お終いの無い始まりは無い」人生のお終いは何の未練も一切なく完全な無欲の心地になるならば恐れなどは消え去るのだ。嬉《よろこ》んで天国に帰って欲しいものだ。嬉んで天国に戻る事が出来る人間達は少数に留まるだろう。

人生に沢山の思い残す事が一杯で死にきれない心境で去って行くのは愚かで憐れでしかない。今まさに死に時を迎えている奇快人の小生は最適な死に時であると嬉んでいる日々である。毎日が天国だ。毎日が地獄だ。今日なる一日が無い、明日という日も無い、未来が無い、あるのは故郷の天国のみだ。

一三八億年前に誕生した宇宙の原点に帰れるのは素晴らしい。人生の華だと考えて居る。石原慎太郎氏が昨年二月一日に八九歳で亡くなった。医師から余命三ヵ月と宣告された。その心境を「死への道程」の題で二〇〇〇字の文章を遺稿として記している。同年の四月号の文藝春秋に掲載された。その心境について私の神経は引き裂かれたという他はない。死の予感とその肌触りは人間の信念や予感までも狂わせかねないと記した。事ここに及んで自身が神仏に縋る事は、その苦しみだけは軽減して貰えないかという事だ。出来るものならば私自身の死を私自身の手で慈しみながら死にたいものだ、という。

奇快人としての小生は二〇一九年五月に病魔君が同居して天国に戻るまで居座る事になった。ここで竜宮城の中から堀の外に放り出されたのだ。理想的にはここで人生の終止符を打たなければならない。小生が我一人ならば多分、四年半前に天国に戻っていた筈なのだ。病魔君が同居してからの毎日は何時も絶えず「死と対面」し対話して生きて来た。死と対面し死について考えて楽しく過ごせるのは世界中で奇快人のみですぞ。

二〇二三年六月に文芸社から出版した拙著『人類は二一世紀末まで生存が可能かどうか答えは否だ』の巻末に「奇快人の死亡広告」なる一文を楽しく書いた。自らの死を「嬉自死」と命名した。嬉《たの》しんで自ら天国に帰ろうという事だ。

諸悪の根元である人間共に神々が与えた救いの手が「死」なるお終いだ。神々に感謝するのみだ。

人生のお終いの「死」、命日を人生で最良の良き一日と定義した。オメデタイ日なので華やかな送宴を行って祝うべきだ。これが本当の奇快人の本心ですぞ。

俗界の世間では鬼籍に入ったと言っている様だが間違っている。石原氏が自らの死を自ら慈しみながら死にたいものだと記している。奇快人の「嬉自死」と同じ発想に他ならない。

（二〇二三年九月二五日）

老いるとは

お終いの意味

老人社会で人は何故に生きて居るのか　明日が無い　希望や夢も無い　天国の住人が浮世に存在するのは罪悪でしかない

日本は老人大国だ。人口の二九・三パーセントが六五歳以上の高齢者だ。約三六三〇万人、七五歳以上の高齢者は一九八〇万人位で間もなく二〇〇〇万人になる。二〇〇〇万人近い高齢者の中で単身世帯はどれ程か。生活保護を受けている人、貧困の人々、生きて居たいと願って居る人達はどの位いるのか。

それぞれが人生を振り返って満足して晩晴なる心境の人々はどの位いるのだろうか。富裕層の人達はどれ位なのか。そしてその人生についてどの様に考えているのか。天国までの時間について何か考えているのだろうか。

今なる今も奇快人の小生は何時もの様に喫茶店で原稿を書いて居る。一二月一八日、快晴で風が少し強い。小生も毎日、生きて居たいと思って生きて居ない。可能なら今なる瞬間にでも天国へ出発したいと考えて居る毎日ですぞ。

七五歳以上の高齢者はほぼ全員が竜宮城の中の生活から卒業して天命なる年月、時間を卒業している。老人社会は不幸社会だ。奇快人の哲理であって持論でもある。天国の住民たる人間を浮世に逗留させているのは罪悪でしかない。人間世界だけに存在する特異な現象ですぞ。

人間以外の生物で天命を超えて生きて居る生物は皆無である。人生は無いのが唯一つの強運だ。然らば「短命は幸運、長寿は不運」となる。人間として生まれしは災難だ。これは万人に当てはまる公理で差別はない。

釈迦のいう人生は「苦界、苦の世界」で、平等で格差はない。死に様も百人百態だ。人生は「苦界、苦」の世界でしかない。人生の始まりのないのが唯一つの幸運である。人生のお終いの死について、そして自死についても考えてみた。

裕福な家庭に生まれ、そして才能にも恵まれて前途洋々の人生が期待されながら自殺した有名人は多い。三島由紀夫、太宰治、有島武郎、芥川龍之介、川端康成など多くの著名な人達が自らの人生を自ら決めて天国に戻って行った。これも全て人間そのものだ。

芥川龍之介も将来が大きく期待されていた作家の一人であった。夏目漱石の秘蔵っ子であった。三〇代の自殺は何なのか。世間の俗人からみれば理解が出来ない。頭が良すぎた、神経が繊細過ぎた、俗人に視えない諸々が視え過ぎた。人間世界の暗黒の部分が視え過ぎて生きて居られなくなった。余りにも多くの悪に対して自らの生存も罪悪と考えたのかも知れない。彼の作品には人間共の真の姿が描かれている様だ。

三島由紀夫が自決して早くも半世紀が過ぎた。生存して居れば今や九六、七歳となっている。俗人達からみれば三島の狂気とも思える自決は本人にしか判らない。奇快人流の考え方では有名人の自殺、自決などは決して不幸などとは別次元の当人の美意識に依るものだ。死に様としては悪くない。何故ならば人生で最も充実している時期に天国に戻って行ったからだ。

人生の絶頂期に天国に戻って行くのは至難の中で、実行した偉大な人生のお終いの仕方である。人生の存在そのものが罪悪だ。小生は何時もそう考えて居る。従って「短命こそ幸運だ」、この様な結論になるのだ。人生も絶頂期に、しかも短命な人生は俗人共には判じがたい理想の死に様ではないか。

人生のお終いの死について大半の人々は何も考えて居ない、そして考えたくない。死について真剣に考えて居る人々は大病で余命半年、一年と宣告された場合だろう。余命を知って人間は何を考えそして思うのだろうか。一日でも長く生きたいと考える人も居るだろう。別の人は早く人生の幕を下ろしたいと考える人もいる。

「人生は死ぬ為に生まれて来た」

「生⇕死」

死ぬ為に生まれて来た人生、死は生きた証のお終いだ。

人生のお終いの死は万人に共通で差別も格差もない。お終いがあるからこそ愚かな人間共にとって唯一つの救いであって、また希望であり夢であると考えて居る奇快人だ。人生のお終いの命日は最良の日であると定義した。オメデタイ日の葬儀は似合わない。派手な送宴を行うべしと主張して来た。

人生は無いのが唯一つの強運だが、天国を出発させられた以上は天国に戻るまで苦界で過ごす事になるのだ。人生は生時有限で必ずお終いの終点に誰もが辿り着く。かぐや姫は雲に乗って月に帰って行った。人生のお終いは煙となって天国に戻って行く。天国とは宇宙ですぞ。

人生などは終わって仕舞えば有って無いのと同じだ。天命は五〇～六〇年と定まっている。運が良いのか悪いのか一〇〇年の生涯もある。短い生涯も長い生涯も過ぎて仕舞えば全て一場の夢に過ぎない。一〇〇年を一秒と考えるならば一秒にもならない人生だ。愚かな人間共に救いがあるのはお終いの「死」が万人に平等に与えられている事のみだ。これこそが宇宙の英知であると考えて居る。

竜宮城を卒業して三年と八ヵ月が過ぎた。竜宮城を出てからの時間は病魔君と一緒だ。病魔君は天国に行くまで同居して離れて呉れない。大人しくして静かにして呉れている時間も多い。そして時には大暴れして地獄の苦しみを味わわせて呉れる。病魔君は何故に同居して離れて呉れないのか。

根本原因は天命を超えて生きて居るからですぞ。老化に依る身体機能の低下は全て長寿が大元だ。従って長寿は罪悪であると認識している。運よく短命なる生涯で天国に戻っていたならば老化現象は生じない。即ち病魔君の同居はないのだ。

老化に依る身体機能の低下で病院に行くならば何種類かの病名が付いて薬をくれる。しかしながら老化に依る病名は付いても治らないのが真実だ。この様な現象は人間世界だけの特異な出来事なのだ。人間以外の生物なら天国の住民になって居るからだ。

「短命は幸運、長寿は不運」

奇快人の哲理である。

老人社会が出来たのは、最近の事ですぞ。

二〇世紀後半からの一〇〇年弱の間に登場した。病院や医薬品、医療技術の進歩に依って天国に戻って居なければならない人間を無理矢理に延命したからだ。文明社会になって重労働からの解放も一役を担っている。天命を超えて生きて居るのは罪悪でしかない。人生とは何だ。この問いに対する答えはなかなか難しい。

奇快人の今なる心境は一日たりとも生きて居たくない、只今にも天国に戻りたいと何時も考えて居る。竜宮城の中にいる間が人生の全てである。如何なる事か考えた事があるだろうか。俗世で俗欲がある間が人生そのものだ。苦労する時間がある。人生で生きて居るとは「未来がある、未来があって当たり前だ」その様な年月が人生なのだ。「人生一〇〇年時代は不幸社会」だ。

天命を超えている人間が多すぎる。長寿が罪悪なる考え方がない。文字通りの人間の愚かさだ。人命は尊いという既成概念での医療行為は悪である認識が必要だ。人生は「死ぬ為に生まれて来た生涯」だ。人生は無いのが唯一つの強運ですぞ。

二一世紀の今も人間世界は仮にも天国を出発しなかったならば如何なる不幸も不運にも遭う事はない。天国を放り出された事実がやり場のない暗黒の世界で、苦労、苦痛、苦難の世界で天国に戻るまで苦界を彷徨っている。

万人にとって一つだけ仕合せがある。「始まりがあればお終い」が必ずある。人生のお終いとは死である。万人が差別される事なく、必ず訪れる死に依って天国に戻る事が出来る。考え方に依っては天国に早く戻った人達は幸運となる。天国の半住民となって早くも三年と八ヵ月が過ぎた。そして今の心境は最善の死に時を迎えていると考えて居る。死に様、死に時、そして死に場所について何時もそして絶えず考えて居る奇快人だ。

人生はお終いの仕方が大事だ。日々の新聞に有名人、著名人の訃報が報じられている。大半の人達は病院で亡くなって居る。運よく病院に着いた時点で死亡している強運の人もいる。反対に一年〜数年、一〇年以上も病院の中で苦しんでお終いになる結末が多い。多くの訃報の中で小生は短命の人について運が強い人だと思って居る。長生きして九〇歳以上、一〇〇歳近い人までそれぞれが違う。長寿は喜ばしいと考える人が多い。

天国を出発した事が災難だ。その様な考え方では長寿は不運となるのだ。人間世界では古来から天国なる思想を作って故人を偲んで来た。天国で安らかにお眠り下さい、天国から見守っていて下さい等々、人生のお終いの終点に着いて、しみじみ、つくづく考えてみると「人生は無いのが強運」だと思って居る。

そして今日は、二〇二二年一二月三一日、大晦日となってこの一年が過ぎようとしている。奇快人としての人生は良き人生であったと満足して居る。女房も小生と一緒に暮した人生を大変に喜んで感謝して呉れている。日本中で唯一人の良き相棒だ。半世紀以上の間を平穏に楽しく過ごした年月は唯一の宝物だろうと考えて居る。

小生の人生哲学は「雄大な無駄、華麗な無駄」をモットーとして常識やしきたり、習慣などは無視して独自の考え方を貫き通して全人生を過ごして来た。我が人生に些かの悔いもない。唯一つの不運は天国を出発させられて仕舞って浮世に長逗留している。この点だけは不徳、不運だと思って居る。人生のお終いの結末は自ら決断して決行しなければならないと考えて居る。

食べ物にも食べ頃がある、花々は見頃がある、人生もお終いの死に時があると思って居る。そして今は死に頃の最良の時を迎えている。この先、人間世界で生きて居て明るい見通しは零であると考えて居る奇快人ですぞ。

その様に考えると昨年、そして今年、また近い内に天国に戻る人達は幸運と考えるべきだ。奇快人の小生は昭和という時代を五〇年間過ごした。戦前生まれの石原慎太郎と同じ世代だ。この昭和の時代までは人間が人間として生きて居た。簡単に言えば義理人情の世界が溢れていた良き時代のお終いの年月だった。人間に一つでも良い美点があるとすれば正義の元での義理人情そして報恩の心だ。

二一世紀の今の人間共は自力で生きて行けなくなっている。自力で考える事も出来ない。人間としての存在価値と意義を失って居る。人間世界は「全ての事象の頂点」に達して生存が出来なくなっている。但しその認識はない。利口にみえても愚か者でしかない。アナログ人間として人生のお終いを迎える事が奇快人として誇りである。

人生のお終いの命日、死は人生の最良の日である。天国の住民に万人が平等に差別なく到着できるのは、人生で最後のお終いの夢であって希望であると考えて欲しいものだ。天国に戻る日は記念すべき祝日と思って欲しいものですね。

奇快人の小生は自らの死亡広告なる一文を書いた。その中で嬉自死と命名した。喜んで自ら天国に戻って行く。その様な心構えを記したものである。（二〇二二年一二月三一日）

人生の幕を下ろすとは如何なる儀式か

二〇二三年元旦、快晴で風はなく暖かい良い正月だ。今年は人生の幕を下ろして故郷の天国に戻って、大変永らく待たせている閻魔大王に逢えるのを楽しみにしている。女房を同伴できればこれ以上の仕合せな事はない。天国に戻る良き日は暑くもなく寒くもなく快晴で微風の日が良いと考えて居る。

奇快人の小生は朝の目覚めが嫌いだ。朝の寝起きが面倒で煩わしい。一日を生きて居るのが大変なのだ。「当たり前の事が当たり前」に出来なくなって四年近くの時間が流れた。死体で生きて居る日々は一刻でも早くお終いにしなければならない。人生は「死ぬ為に生まれて来た」。人生で一番の大事は「死に様」だ。死に様としては即死が最も良い。苦しみが殆どなく短時間で天国に戻れるからだ。

今日は一月三日で良い天気だ。縁起の良い正月に「死に様」について奇快人流の哲理を披露してみる事にした。日本人の常識とは全く異なっている。昨年の暮れから日本海側で大雪が降った。昨年の一二月からの大雪は北陸、新潟、東北地方、そして北海道と広い範囲になっている。落雪、除雪中での事故などで一五人程が死亡している。

奇快人の小生が考えるのは死に場所としては最高の好条件が揃っている。出掛けるのが可能なら雪の中での安楽死が出来る。体を傷つける事もなく低体温となって眠った侭で天国に戻れるのは、人生のお終いの至福の死に様だ。天国に戻って住人になって仕舞えば永久に無限の楽園である。かぐや姫は雲に乗って月に戻って行く。多くの人達が惜しまれて浮世から去って行く。いくら願っても止める事は出来ない。その様な姿を古人は描きたかったに違いない。

前著でも有名作家の自殺、自決についてその見解を述べた。有名人も一般人も死に様は文字通り多彩で未来は一秒先、一分先も誰にも判らない。この現象は年齢に関係ない。そして老若男女とも同じだ。考えられない様な不慮の事故で亡くなった人もいる。

ビル屋上から高校生が飛び降り自殺した。二一歳の女子大生がその下敷きになって死亡した事件が大阪の繁華街で発生した。二年位前の事だと記憶している。本人も家族も友人も夢想だにしなかった筈だ。この様な不慮の事故で死亡や大怪我など人生が狂って仕舞う現象は毎日発生している。

二〇二三年一月二日、福島県郡山市で軽自動車と乗用車が衝突して四人が死亡している。軽自動車が横転して炎上して四人が死亡している。二五歳の乗用車を運転していた若い男が逮捕されたと報じている。元気な若人もまた老人も生きて居る限り、生と死は実は表裏の関係でお隣の友人の様なものと考えた方がよい。

今なる今日一日、明日がある一年、五年、一〇年……と未来があって当たり前と考えて居る間が人生だ。未来があると考えているから欲がある。適度の欲は夢であって希望となって生きて行く上で大事なエネルギーですぞ。

横道に逸れたので本題の「死に様」について本論を展開して行く事にする。毎日が命日なる考え方で生きて居る奇快人にとって「人生は許されざる存在」と思って居る。不慮の事故に依る死者はかなりの数になっている。多いのは交通事故に依る死亡だ。この事故も老若男女とも年齢制限はなく、子供から大人まで全ての人が含まれている。歩行者も多くの人々がひき逃げされて死亡している。

病院での死と違って今日なる日が命日になると誰もが考えて居なかった筈だ。銃弾に依る暗殺などは即死で死に様としては短時間で多分比較的に楽に天国に戻って行けるので本人にとってお終いの儀式としては決して悪くない。遺族、友人、知人などの考え方とは根本的に異なっている事を理解する必要があるのだ。

三年前の二〇一九年一二月末に中村哲医師が凶賊に襲われて銃撃されて亡くなられた。日本の政治家全員よりも存在感のある日本人で、真の偉人であると思って居る。人間共は人の死を全てご愁傷様と表現している。愚かな人間共は死を毛嫌いしているが、考え方を一八〇度変えるべきだ。死ぬ為に生まれて来た人生だ。死ぬ事は生きた証ですぞ。

お終いの死は浮世の苦界からの完全脱出でオメデタイ日と考えるべきだ。奇快人の哲理だ。二〇二二年一〇月二九日、韓国の繁華街でのハロウィンで群衆が将棋倒しに巻き込まれて一五六人が死亡している。大半は若者達で一〇代、二〇代の青年男女であった。日本人の女性も二人含まれている。一〇代と二一歳の女性だった。両親や友人、知人からすれば何故こんな事故が発生したのか、怒りの持って行き場のない無念さだろう。小生も気の毒に思うし同情に堪えない気持ちで一杯だ。

人生は一秒先も一分先も未来は誰もが判らない。一〇分前に元気な人が死亡する事故は世界中で毎日多発している。人生とは所詮、暗黒の世界なのだ。元気な人達が、自分が今日亡くなると考えて居る人間は一人も居ない。考えようが考えなかろうが人生の運命とはその様なものだと考えるべきだ。諸行無常が人間世界だ。

改めて有名人の死について記してみる事にした。ジョン・レノンは四〇歳、ニューヨーク市で拳銃で撃たれて暗殺されている。悲劇であるが本人は何も考える事もなく、ある面では安楽に天国に戻って行った。そう考えるべきだ。二〇二二年一二月二九日、ブラジルでサッカーの神様と称されたペレ氏が八二歳で亡くなって世界中で大きく報道された。死因は大腸ガン、多臓器不全となっている。神様ペレも安楽死は出来なかった。一年と二ヵ月位は病魔君に苦しめられてお終いの幕を閉じた。天国に戻る道程としては神様に恵まれていなかった。

世界の美女達のお終いも眺めてみる事にした。マリリン・モンローは三六歳で不審な死に方をしている。戦後の米国映画界で大きな存在で絶大な人気があった大女優である。自殺、他殺などの情報があったが真相は判らない。

グレース・ケリーも戦後の米国映画の大女優で理性的な顔と美貌で人気を得た。彼女は米国を代表する大女優だがその人生はその生涯を通じて全ての年月、時間を表舞台で過ごした幸福な一生であった。ジェームズ・スチュアートと共演した「裏窓」そして「泥棒成金」はケーリー・グラントとの共演で代表作となっている。モナコの王妃となって仕合せな一生であった。しかも五二歳で山岳地帯を運転中に断崖から転落して即死で幕を下ろした。天国へも楽に戻って真からの仕合せ、幸福で華麗な人生であった。その結末も映画「泥棒成金」の一場面そのものでのお終いもお見事さを表現している。

英国のダイアナ妃も三六歳で亡くなって居る。パリの高速道路走行中に事故で幕を閉じている。暗殺の情報があってパリ警察が捜査したが真相は不明の侭だ。

「佳人薄命」と日本ではいうが、人生はやはり暗黒の世界だ。名誉、地位、名声などは何の役にも立たないのだ。人生のお終いは天下人も如何なる層のトップも運命のお終いは制御が出来ない。

東洋の歌姫テレサ・テンも不審な死に方で幕を閉じている。歌手で絶大な魅力を誇った彼女も病死か自殺なのか真相は判らない。遺書などは見つかっていない様だ。多分、自殺と思われるが本人しか判らない。

人生のお終いの「死に様」は強者も弱者も如何なる人間も自ら制御が出来ないのが公理であって万人に平等で格差はない。人は何故生きて居るのか。生きて居たいのか。生きて居たくないと考えて居る人達は何故生きて居るのか。人は死にたくないと何故考えて居るのか。多くの人は「死」ぬのは恐いと考えているからだろう。大きな要因は苦しんで死んでいく人が多く、そしてその様な光景を知って居るからだと思われる。

人生のお終いの儀式、自らが考えそして決意をして決行するのが理想だ。外的要因に支配されないからだ。生きて居たくないと考えて居る人達は何故に生きて居るのか。日本財団に依る自殺に関する調査二万人では全体の六パーセントの人が自殺を考えたと回答している。一〇代の若者では一六パーセントとかなり高い。

生きて居たくない人達もお終いの決断が出来ないので仕方なく、やむなく無理矢理に生きて居るので決して充実した生活は出来ない。生きて居たくないと考えて居る世代は若者と老人に多い。

若者は「暗黒の世界」で未来に希望や夢をみる事が出来ない。人間社会は全域が「黄昏領域」となって仕舞っている。即ち一寸先も視えない「暗黒の世界」だ。光の全く無い世界に絶望して世界中で若者達の自殺は急増しているのだ。生きて居たくて生きて居る老人達もお終いの儀式を決断し決行できないので毎日を苦労、苦痛、苦難の中で耐えているのが現状なのだろう。

死に様は即死、安楽死ならばどの様な「死に様」も天国に戻る道程としては幸福というものですぞ。長寿は悪だ。奇快人の哲理である。何故かお判りかな。生物には天命が定められている。人間世界だけはこの天命を操作して天国の住人を浮世、現世に在籍させている「矛盾」に依って生じているとの認識が必要なのだ。

老人社会は人間共が自ら考えて望んで作った最大の不幸社会である。そして残念ながら誰一人としてその様な考え方をしていない。天国へ安楽に戻る道程が仮にもあれば、間違いなく天国は大繁盛だ。奇快人が提案した安楽無痛列車だ。一～三分位で楽に無痛で天国に戻れる薬の開発を始めて実用化すべきである。そして七五歳以上の老人にはその使用を広く認めるべきであると奇快人の小生は考えて居る。

二一世紀の今なる現在も治る見込みのない病に対して延命が可能な薬の開発が行われている。天命を超えている人間を病院が治療という名目で行う行為は本来は有ってはならない。そう考えて居る奇快人だ。

「枯木に花が咲くならば元の娘の十九に戻しておくれ」なる歌詞があった記憶がある。老化に依って生じる病気は枯木と同じで花が咲く事はない。「当たり前の事が当たり前に出来ない」、これで人生はお終いになっている。老化、老衰の年月は無いのが理想だ。人生のお終いは老化に依って生じる苦を考えれば死体で生きて居るのと同等なる老人は実は意外と楽に天国に戻るのが可能ではないか。そう奇快人の小生は考えて居る。

治る見込みのない病で数ヵ月、数年を病院のベッドの上で苦しみ抜いてから天国に戻るのは人生のお終いの儀式としては最悪であると考えて居る。そして考えてみれば僅か三〜五分で確実に天国に戻る事が出来る方法があるではないか。小生は毎日、死に様、死に時、死に場所を考えて楽しく生きて居る。今も生きて居るのは奇快人の小生が決断できなくて決行が出来ない為ではない。

奇快人が唯一人ならば今よりもかなり早い時期に天国に戻っている筈だ。妻が生きて居る限り、妻を守ってやらなければならない。八一歳まで凡ゆる面倒をみて呉れた妻に恩返しをしている毎日で、大いに満足して居る。妻の子守役であってそして妻の保育士の役をして生活して居るのもどうしてなかなか良いものだと考えて、今日なる一日を過ごしている日々ですぞ。

二〇二三年の誕生日を迎えたくないのが奇快人の希望だ。我が命日は妻が全権を握っているのだ。

（二〇二三年一月八日）

天命

老人社会はないのが理想だ　人生のお終いは一日一悪、そして一日二悪、三悪の世界である　依って長寿は罪悪だ

今朝も目覚めたので今日なる一日を生きなければならない。一日を生きて居るのは面倒で億劫なのだ。叶う事なら今と言う今にも直ちに天国へ戻りたいものだ。奇快人の願いは唯一つ、安楽無痛列車に乗車して故郷の天国に戻る事のみだ。人生は災難だ。そして長寿は罪悪なのだ。人生は無いのが強運だ。奇快人流に表現するならば天国を出発しない、天国を出なければ天国に戻る必要はない。

奇快人なる小生も間もなく八六歳になる。たった一つの不運だ。道楽三昧の人生を八一年間も過ごせたのは幸運というものだろう。そして感謝している。竜宮城の中に居る間に天国へ戻って居たならば極上の人生だ。

生まれたのは田舎の小さな村で小学生の同窓生は四二人であった。同窓生で二〇代の前半で亡くなったのが二、三人いた。その早すぎる人生に同情したものだ。この年になって

毎日が命日なる考えで生きて居るこの頃、二〇代前半で亡くなった同期生は強運の持主であったと考える様になった。人生が災難ならば自ずと「短命は幸運」なのだ。明治、大正そして昭和二〇年より前の時代は考え方に依って仕合せ、幸福の時代であったと考えるべきだ。人生は五〇年が天命となって居たからだ。

病院や医薬品などが普及して居ない時代は天命を人為で操作していなかったからだ。明治時代、大正時代では多くの有名人が二〇代前半でその生涯を終えている。滝廉太郎二三歳、樋口一葉二四歳、石川啄木二六歳、宮沢賢治三七歳、高杉晋作二七歳、坂本竜馬三三歳など短命なる人が多い。我が国日本では西暦の一五〇〇年代の戦国時代から人生五〇年が定説であった。この時代の五〇年の人生は世界での長寿国なのだ。

間もなく御年八六歳なる老人になって仕舞う奇怏人だ。過ぎ去った若かりし頃を振り返ってみると、その年月が存在したのかどうかさえ判然としない。所詮、人生は一場の夢でしかない。

二〇代～三〇代、そして四〇代～五〇代は生きて居るのが当たり前で、前へ進む事しか考えていなかった。少しでも豊かな生活を夢見てひたすら働き努力したものだ。死なる文字が頭に浮かぶ事など全く無い。今から思えばお目出度い時間であったのだろう。苦労をするのも勉強するのも遊ぶのも何もかも楽しめたものだ。何よりも未来なる時間が存在しているのが当たり前で、当然だと誰もが考えて居た年代だからだ。お終いなる現実があるとは思っていない。

竜宮城に居る間はその様な意識で生きて居た。そしてお終いは社会万般に共通する公理で例外はない。一日そして一時間、一〇分、一分でも生きて居たいと思わない世界の住民は何故その様な心境になるのか。多くの人達は考えた事が無い。何もかも何も考えないから只々漠然と生きて居るのみだ。

何故、生きて居たくなくなるのか。今日という一日が存在するのか。定かでない日々だ。凡ゆる欲が消滅して仕舞うからだ。夢や希望は未来なる時間があって当たり前の世界の住民であるからだ。そして日常の生活が当たり前に出来ている。行動の自由がある。動物として機能が働いている。欲が有って初めて人生を生きて居るのだ。お判りかな。

欲なる願望などが無の世界は一秒先、一分先の未来なる時間の全てが悪に働くからだ。親友なる病魔君は天国の住民になる寸前まで同居して離れて呉れない。また別の病魔君が今日から同居させて戴きますと、何人の訪問があるか判らない。そして日本国は世界有数の災害大国である。日本人は奇怏人からみれば国全体が狂った世界となっている。政、官、財そして国民全体が狂った世界が当たり前の中で生活している。

二〇二三年の六月になって猛暑の日が連日に亘って続いて居る。最低気温が二五度以上の熱帯夜もかなり多い。最高気温は三五度になって猛暑日になっている。雨が降れば局地的には常時大雨となって警報が出される。局地的といっても多くの地域で同時発生して時間雨量は三〇~一〇〇ミリとなって大きな被害が出る現状だ。日本国内に限れば巨大地震よりも風水害の方が多大な被害になると主張した。

死地にいる一人として小生が考えて居るのは四海波静かな状況の中で天国に戻るのが唯一つの希いである。大きな災害の渦中に巻き込まれる前に目的地に行く事のみだ。人生一〇〇年時代と称される様になって数十年が過ぎた。そして豊かな時代のお陰で達成された成果であると考えて居る人々が多い。

人生一〇〇年時代は不幸社会であると酷評した奇快人だ。大災害での中では老人共は生きて行けない。大問題は電気と水の供給停止がある。電気と水は命の存立を左右する。その様な状況の中でのお終いはしたくないのだ。

結論を言うならば平穏で何事もなく一日が続いて居る間に一秒でも早く故郷の天国に

戻って居なければならないという事になる。「長寿は罪悪」は奇快人の持論である。何故ならば老衰の体で生きて居るからだ。幸運に恵まれて短命ならば老衰の体にならないからだ。老衰の体で生きて居るのは「死に体」だ。

死体で生きて居るのだから全て無理があって当たり前なのだ。老衰になった体に起こる病気などは治ると考えない方が良い。病院は治療という名目で複数の病名を挙げて多種類の薬を呉れる。体の自由がない、食べ物も満足に摂れない、運動も出来ない。投薬が体の病気を悪化させる事実に目を瞑っている。人命尊重という美名の国家犯罪と考えるのが正しいのだ。お判りかな。

理想的には夜に寝て朝の目覚めがないのが最良の安楽死でこれ以上の死に様はない。この幸運に恵まれる人は少なく稀人なのだ。老衰は長寿社会を作った人間共の浅知恵の賜物なのだ。老衰の体は植物でいえば枯木なのだ。枯木に花が咲く事はない。天国の住民を浮世に滞在させるのは無理があり、考え方では犯罪である。

テオグニスの名言「地上にある人間にとって何よりも良い事　それは生まれもせず眩い陽の光を目にせぬこと」。正にこれこそ名言だ。人生は災難だ。

（二〇二三年七月七日）

死ぬということ、帰る場所

生きて居たくない世界で人はなぜ生きて居るのだろうか

　奇快人としての小生は人生の全てを終了して、この浮世に如何なる未練も思い残す事はない。唯一つの欲は楽に苦痛の無い死に様で、短時間で天国に帰りたいと願って居る。これが実はなかなか困難なのだ。天国に帰って仕舞えば天国は永遠の天国で変わる事はない。奇快人の今の心境は最高の「死に時」を迎えて居て強運と考えて居る。

　人生は「災難」だ。人生は無いのが唯一つの強運なのだ。依って「短命こそが強運」となる。反対に長寿は「罪悪」でしかない。人生一〇〇年時代は不幸社会そのものでしかない。死と対面して生きて居たくない奇快人が生きて居る。毎日、そして何時も死と向き合っている考え方をもってしないと真実は視えないものなのだ。その様な観点から視える真実は「死界、死滅」の世界でしかない。現代人は真実について視ようとしない。真実について考えない。真実が視えない。考えようが考えなかろうが真実は真実ですぞ。

　現実の今なる世界は「生きて居られない世界」を作って仕舞っている。自らが自らの生存を否定しているのと同じだ。人間共は愚か者であるから自らのお終いについて考えて居ない。そして考えようとしない。人間共は自らの力で、自力で生きて居ると全員がそう考えて居る様だ。

最弱の生物が勘違いをして最強の生物として振る舞って来た。歌を忘れたカナリアと同じだ。前述したように、一〇代、二〇代の青春時代の真っ盛りにある若者が自殺を考えて居るのがニッポンの今の姿である。日本での自殺者は、ここ数年は二万二〇〇〇～二万三〇〇〇人である。

一方で不慮の事故や災害、災難による全く予知が出来ない事故に依る死亡者は自殺者を上回るのではないかと小生は考えて居る。不慮の災難は年齢に関係なく老若男女に対して差別なく訪れる災難だ。未来は一秒先も判らない。

自殺を考えた若者達にとっては「生きて行けない世界」に映っている筈なのだ。何故ならば夢と希望に満ちた人生の未だ始まりに居る若者だ。現在の日本は狂った社会で構成されている。当然の事ながら狂人が常人として成り立って居る。中身の無い皮相人間ばかりなのだ。狂った狂人に成れない真面目な若者達は生きづらい世界なのだろう。

自殺を考えて居る若者の中で自殺を決行する割合はかなり小さくなる。人間共は何人《なんぴと》も死に対して恐れを全く持たない者など居ないからだ。自殺に対して何の恐れもなく楽に天国に行く事が出来たならば天国は大繁盛で人口は急増しないだろう。

生物の中で人間共だけに死に対して苦しみがあるのは何故なのか。人間共以外の他の生物は苦しんで亡くなる生物は居ない。人間共から見れば短い年月の生涯だ。小さな生物の多くは長くて数年、短い生物は数日または数週間に過ぎない。生死の全ての時間は全て天国の中だ。苦労、悩みの無い世界こそが天国なのだ。

人間共は真から不幸、不運の世界で暮さなければならない憐れな生き物なのだ。始まりからお終いまで「暗黒世界の現実」の中を彷徨って生き終えなければならない。それでもお終いは必ずあるのが唯一の救いである。帰るべき故郷の天国が待って呉れている。これこそ最後のお終いの乾杯ですぞ。

二〇二二年末で世界の人口が八〇億人になったと国連が発表した。二〇年後の人口が一〇〇億人になるとの予想も出した。人口が一〇〇億人に達するまで人類は生存が出来るかどうか。その結論はかなり困難だと考えられる。今なる現状も「死界、死滅」している世界で暮らして居るからだ。

世界の人口は年間八〇〇〇万人も急増している。諸悪の根元の一つだ。八〇億人の人間共の中で生きて居たくないと思っている人達はどの位いるのか。奇快人の小生の考えでは一〇パーセントで八億人か一〇億人は存在すると考えて居る。
自殺願望と自殺を図る人の間には大きな壁がある。死に対する恐怖があるからだ。生きて居たくない人生を生きて居るのは地獄の中に居るのと同じだ。

「人生は許されざる存在だ」

死について恐れや恐怖を持つ生物は居ない。人間共だけに存在する特異な世界なのだ。人間以外の生物は天命で生まれ天命に依って生かされ、その生涯は天国の住民として生涯を終わる。人間の死に対する恐れや悩みは全く無い。人間共は不遜にも自然との共生、共存、共栄、共立の道を断って天命なる神聖な死について抗った。天命なる寿命を医療という名の処方をしたからだ。

人生五〇年時代を続けていたならば天命に依って苦しみや悩みも小さく、天国に帰る事が出来たのだ。現状の人間界は人間共が狂獣になっている。そして害人ばかりだ。世界中が狂っている。

狂った狂人が狂った社会の中で生きて居る。狂人は中身の全く無い皮相人間ばかりなのだ。狂人になれない若者達は生きて居たくない世界なのだ。夢や希望がない、生きて行けない世界を作っている今も生きて居る人間共は生きた亡者なのだろう。

毎日を死と対面して対話をして、今なる一分、一秒を生きて居る奇快人の小生は俗欲の世界では視る事の出来ない真実が良く視えるのだ。「死界、死滅」世界に居る人間共も間もなくその現実に気付くだろう。

（二〇二三年九月一二日）

奇快人の今日なる一日はどの様な世界か

今日は二〇二三年三月二二日、何時もの様に喫茶店で原稿を書いて居る。快晴で日中の最高気温は東京で二三度、内陸部では二五度の夏日と発表された。何事も無く恙なく朝を迎えられるのは天国に居るのと同じだと考えている。三月から五月、そして夏に向かって沢山の草木が色とりどりの鮮やかな花を咲かせて楽しませて呉れる良い季節だ。我が家の庭は水仙、山吹、ツツジ、椿、フリージア、鈴蘭、紫大根などの花々が我が世の春を楽しんでいる様だ。鶯の初鳴きを三月一八日に聞いた。これからは毎日この美声が聞かれるのは楽しいものだ。これも天国にいる一時であると感謝している。

日本人は全員が逆さま社会の中で当たり前と考えて生きて居る。俗世の欲得の世界を完全に捨てて仕舞えば、何でもない一日の一齣一齣が天国に視える様になって、初めて一人前ですぞ。人生は一回限りだ。同じ夢は二度見る事は出来ない。道端ではタンポポが小さいながら黄色の花を咲かせている。二三日は東京、横浜を始め関東全域で桜が満開になったと発表された。今日は小さな黄色の蝶が舞っている光景を目にして目の保養が出来て良い一日だ。これも全てが天国だ。天国の中に居る間は天国を感じない。

人生の大半は天国を感じる事はない。地獄の世界、死との対面によって苦しみを体感しないと天国は視えないものだ。小生は数回に亘ってその体験をした。十数時間の激痛なる時間は正に地獄の中であった。病院で応急処置をして痛みから解放された時は、心から天国を感じたものだ。三〇歳の時はバス停にトラックが突入して女性三、四人が大怪我をした。この時はコウモリ傘がくの字に曲がってしまったが、かすり傷もせずに済んだ。運が良ければ不慮の死で目出度く天国の住人になって居ただろう。短命は人生の幸運の一つである。

三月二四日、今日は朝の目覚めが七時一〇分でこれ程長く眠った事は滅多にない。天国に長時間、滞在して目覚めたのは久し振りだ。この処、病魔君は大人しく眠っているのだろうか。病魔君との同居は構わないが大人しく暴れずに居て欲しいものだ。

病魔君と同居して間もなく四年となる。病魔君が来る少し前に天国に戻って居たならば極上の人生であった。病魔君との四年間での付き合いで良い事もあった。「死」なる現実を真剣に考える機会を与えて呉れたのは大いなる貢献だろう。竜宮城の中に居る間は考えもしなかった多くの事象、社会万般について考えを巡らせるようになったのは大変に良かったと考えている。

三月二五日、今日は朝から終日、雨の予報だ。明日も雨の予報で気温は昨日の二五度の夏日から一転して一三度も低い一二度予想となっている。伊豆高原の満開の桜も数日で落花して道路の上は桜花の絨毯の様になるだろう。

チルサクラ　ノコルサクラモ　チルサクラ　　良寛

一日での温度差一三度は何を表しているのか。日本の美しい四季が無くなって既に三〇年、四〇年が過ぎた。温暖化は世界中で多くの気象災害を多発させて膨大な被害を起こしている。国連は温暖化なる気象災害について人類の安全保障に関わる重大事項であると警告を発している。世界の政治家、指導者は温暖化なる現象についての認識は余りにも低くその認識は零に近い。

人類が居なくなる日、最終時計の秒針が止まる寸前にある状況の中でも、隣人を殺す為の殺人兵器の開発に膨大な予算を計上しているのは人類なる種族の愚かさを象徴している。人類なる種族は地球という惑星の中で奇跡に依って守って貰っているから生存している事実に気付かない。故に感謝するのを忘れている。文明社会の進化と頭の中は反比例しているのだ。

自力で生きられない。自力で考える事も出来ない。この様な生物の存在こそが有ってはならないのだ。人類なる種族が生存して居られるのは考え方に依っては全員が天国に住んで居る為だと考えるべきである。奇快人と称してから半世紀と五年半位になる。病魔君と同居してあと一ヵ月で四年になる。竜宮城なる天国を卒業してからの一日一日はこれまでの天国なる世界の住人と異次元世界での住人である。竜宮城を出て仕舞ったならば本来ならば有ってはならない人生、時間であると考えている。天命を超えて生きて居るからだ。

天命を過ぎて生きて居るのが人生一〇〇年時代の老人社会だ。老人社会は無いのが理想だ。小生の一日は眠っている時間を除いて、何時も人間について人生について頭の中はぐるぐると回転して考えを巡らせているので退屈はしない。宇宙一三八億年、太陽系、地球四六億年なる壮大な歴史の中で、人類なる種族の存在などは無限大の空間中の水素原子一個にも及ばない。それ程にチッポケな存在でしかない。

毎日いつも生きて居たいと考えた事はない。すぐにでも天国に戻りたいのが願いだ。何故ならばもう充分に生きた。生き過ぎた。そして生き飽きた。そして生き疲れた。生きて居る必要が無い。「人類は地球上で生存が許されざる存在」であると主張して持論を展開して来た。然らば「人生も許されざる存在」でなければならない。人生は無いのが極上だ。人生は災難だ。故に「短命は幸運、長寿は罪悪」だ。小生も病魔君が訪れる前の五年位前に天国に戻って居たならば極上の人生で、全ては最高の一生だった。

妻も同じだ。奇快人の小生はあと暫く生きて居なければならない。女房は小生よりも一歳年上だ。体力は小生よりも衰えが大きい。八三、四歳頃までの女房は病気をした事がない。従って病院へは殆ど行って居ない。元気で働き者で気性は優しく最良の相棒だ。深く感謝している。その付き合いで生きて居なければならない。

女房を残して天国に戻るのは許されないからだ。奇快人夫婦は両人とも天命を超えて生きて居る。従って「死体で生きて居る」のと同じだ。

この表現を解釈すれば「天国の小さな空間」を浮世、現世に天国の一部を借りて生活しているのと同じだ。考え方では天国で二人共仲良く暮らせるのは理想の姿であり、夢であるから感謝しなければならないだろう。生きて居るから考える事が出来る。天国に戻るまでは人間は何時も何かを考えている。考えるから悩みや苦労が無くならない。

人生一〇八の「煩悩」が有ると言われている。一〇八の悩みを克服しても一つの悩みは有る。人生は天国の住人になるまでは苦の世界、苦界の住人なのだろう。シオランの言う様に「唯一つの本物の不運、この世に生れ出た不運」とある。人生は無いのが極上だ。人生は災難と思うべし。奇快人の発想である。

人類の滅亡「人類が地球上から居なくなる日」の最終時計は間もなくその動きを止めるだろう。奇快人の小生はその根拠として「人類は全ての事象の頂点」に達したからだとその答えを明快に示して来た。

今は二一世紀二〇二三年三月二七日、喫茶店で原稿を書いて居る。今日も何事も無く朝を迎えられてそして何時もの様にコーヒーを飲みながら過ごせる事、平穏な時間が在るのは天国なのだと考えている毎日ですぞ。

人はなぜ生きて居られるのか。人はなぜ生きて居たいのか。人はなぜ死にたくないのか。生まれしは死ぬ事である。人生は死ぬ為に存在する。人生とは天国を出て戻るまでの時間、年月が生涯となる。お終いは万人が天国に戻る事が許されている。善人も悪人も全て天国は差別しない。だから天国だ。黄昏領域、暗黒世界の住人なる人間達は何故に生存して居たいのか。未来は一秒先も判らない。未来が判らないから生きて居られる。未来が仮に判ったならば生きてはいけない。

「お終いの無い始まりは無い」宇宙の公理、哲理は万人に対して差別はない。格差も無い。

世界は合理的に出来ている。人生で一番の大事は天国に戻る寸前の死に様が最も重要である。人間共は愚か者だから死にたくないと考えている人達が沢山いる。どんなに願っても叶わぬ事は叶う事はない。不滅は存在しない。自滅は常に存在するのだ。

多くの人達は「死」は不幸とか不運、可哀想、悲劇というが間違っている。人生のお終いの死、命日は人生で最良の日と考えるべきだ。奇快人の哲理であって不動のものだ。人は生きて居ると思えば死ぬ。生きるも死ぬも定かでない。俗人達は不慮の死について誰もが哀しむが、死に様としては決して悪くはない。老若男女の万人に対して、突然として天国に戻りたくない人々を天国の住人にして仕舞うものだ。不慮の死は奇快人の小生に言わせれば幸運なのではないのか。その様に考えている。

如何なる苦もなく或いは少ない苦痛で天国の住人になるのは強運と考えなければならないからだ。人生はお終いの仕方が大事なのですぞ。老人社会は「死体で生きて居る」と同等なる考え方が必要ですぞ。

死体で生きて居る世界はどの様な世界なのか。考えた事があるだろうか。今日という一日が存在するのかどうか、明日以降の未来が計算できない、未来の無い世界ですぞ。今日なる一日、明日が無い世界では全ての俗欲などはその意味や価値がない。夢とか希望、願い事などは必要のない世界になって仕舞っている。一日を生きて良い事など一つも存在しない。何故なら天命を超えて生きて居るのは、今日も明日も未来は暗黒世界しか残っていないからだ。

天国に戻って天国の住人になってこの現世、浮世に帰って来た人は一人も居ない。天国の住人なる人達が現世、浮世で生存しているのが老人社会だ。天国の住人になれば天国は永遠に天国で不滅の世界なのだ。なぜ好んで浮世、現世で「苦界、苦の世界」で生きて居たいのか。長寿は罪悪でしかない。奇怏人の小生は毎日、今なる現在が最も良い「死に時」であると考えている。命名するならば「嬉自死」である。

未来が無い、未来が視えない世界はなぜ暗黒世界なのか。少しばかり考えてみると次の様な次第だ。老人社会では誰もが老化、老衰の体で自由が利かない。歩行が出来ない、立って居るのもバランスが崩れて何時も転がりそうだ。息をするのも楽ではない。声も嗄れて出ない、一挙手一投足なる日常の当たり前の事が出来ない。筋力の衰えは日々の生活の中で最も重要だ。腰の曲げ伸ばしも出来ない。そして何時も絶えず転び倒れそうになる。天国の住人が現世にいる為に起こる出来事は大半が罪悪なのだ。

老人と称される人々は一つ、又は複数の病を抱えている。大半が治る見込みのない世界を病院なる牢獄の中でＥＮＤを迎える。憐れな人生のお終いだ。老人の病気は治らないのが当たり前と考えるのが実は自然体なのだ。枯木に花が咲く事はないのだ。一日でも生きるのは余分の事でしかない。病魔君は一人とは限らない。たとえ一人でも大人しくしている事は少ない。そして新人の病魔君もコンニチハと言って訪れるのは必定ですぞ。身体的な不自由と病魔君以外にも不幸の神は何時もお隣にいる。

物理学者で作家の寺田寅彦は「天災は忘れた頃にやって来る」といった。人災ではないが地球の内部活動などが相当する。マグニチュード7・5、8、9の大地震は、概ね一〇〇年位の周期で発生している。海溝型の地震では津波も発生するので、大きな被害が発生する。

老人達の老化、老衰、病気は天国に戻るまでは「不幸の神々」と同居しなければならない。それに加えて災害は遭遇すると生きてはいけない。電気と水が止まって仕舞ったならばお手上げだ。給水所まで行く事も出来ない。水の運搬などは不可能だ。水洗トイレが使えない。排泄が出来ないと死に至る。便利な物は不便と裏表である。現状の日本は全国どこでも水洗トイレになっている。前著の中で昔式の汲み取り式の便所を作るべきだと提唱しておいた。

有って当たり前の一つでも欠けると生きて居られないのが人生だ。水洗トイレに感謝する人は居ない。水洗トイレが使用できなくなると死に至る認識は全く無い。現代人にとって水洗トイレは地球上の酸素と同等なのだ。

人生はないのが極上だ。天国を出て仕舞ったならば「災難」でしかない。死体で生きて居る毎日だ。従って毎日が命日だ。一秒でも一分でも一刻でも早く天国に戻らなければならない。正直な気持ちである。老化、老衰、そして病気だけの付き合いの内に天国に戻るのが善であると考えている日々だ。天国に戻る、帰って行く、最良の位置に居る。

昨年に亡くなった人、今年になって亡くなった人、そして近い内に天国に戻れる人々は幸運と考えなければならない。時々刻々、何時もそう考えている奇快人ですぞ。

「人類は地球上に生存が許されざる存在だ」、そして「人類は二一世紀末まで生存が可能かどうか」なる二大テーマで持論を展開して来た。然らば「人生も許されざる存在」であるべきだ。人類なる種族は「存在すべきでなかった存在」だ。

人類なる種族は自らの存在さえも否定して自らの墓標を立てたのだ。奇快人のお終いは災害、災難に遭遇する前に全てをＥＮＤにしたい。

（二〇二三年三月三〇日）

長い一日

生きて居てはいけない人間が生きて居る
死体で生きて居る一日はどの様な世界なのか
人生のお終いの一日について記してみた

今日なる一日が非常に長い。そして一分、一時間も悠久の時間だ。一日を生きて居られるのは奇跡でしかない。明日なる一日があるのもまた奇跡だ。一日を生きて居るのは天国と地獄の間を往来しているのと同じだ。何故に一日が長く感じるのか。今日の一日、明日なる一日の未来が見通せないからだ。死体で生きて居る訳だから夢とか希望そして目標が無いからですぞ。お判りかな。そして判らないだろう。

一日が長いのは実は何もしたくないからだ。全ての動作が自由に出来ない。歩くのも大変だ。未だ何とか右、左と足を交互に動かしてやっとの事でゆっくりゆっくりと転ばないようにして近い距離は歩くが、全て危険と対面しているのと同じだ。身体中からエネルギーが無くなって居る。家の中でもよく転びそうになる。腰の曲げ伸ばしが出来ない。ズボンや靴下を履くのも腰を下ろさなければならない。爪を切るのも大仕事だ。食事さえも面倒なのだ。

枯木に花は咲かない。若葉が出る事もない。凡ゆる動作が出来ないのは死体で生きて居るからだ。奇快人の身体が御主人様どうか早く天国に行って下さいと懇願しているからだ。主人たる者としてその期待に応えるのは当然なのだ。生きて居たくない奇快人が生きて居たくない世界で生きて居る。

そして人類は「生きて行けない世界」を作って狂人として生存している。世界中が狂人で構成されているのだから当然の事ながら狂人が常人なのだ。狂人になれない常人が狂人の側から視れば狂人なのだ。凡ゆる事象がアベコベ、逆さまになっている。そして誰一人としてその「矛盾」を認識できない。人間共は真にもって愚かであって、ある意味では滑稽な生き物になっているのだ。

人生は「一場の夢」だ。小生は何時も一〇〇年を一秒で計算して生きて居る。一時間は三六万年だ。一日は八六四万年だ。従って一日は長くて長過ぎる一日だ。体の方は死体だ。天国の住民である。幸にして奇快人としての小生は頭の方は至って健全であって、記憶力も計算能力も想像力も衰えが無い。毎日を死と対面してその死に様を楽しく考えて過ごせる輩は世界中広しといえども奇快人のみだ。

天国に帰るのは人生で最良の日だ。天国に帰る日は華麗な宴をすべきだ。残った家族にはそう伝えてある。この浮世に未練は全く無い。竜宮城の中ではしたい事、やりたい事、見たい事を全てして道楽三昧の人生を過ごした。唯一つの不運は早死しなかったのみだ。

人生は災難だ。長寿は罪悪なのだ。そして明日なる未来が無い。有るのは現実の「暗黒世界」だ。

（二〇二三年九月五日）

天国に戻る決断

一日を生きて居るのは一悪そして二悪、三悪、巨悪の世界でしかない。人生は災難だ。「長寿は罪悪」だ。人生で辿り着く終点は天国だ。天国は万人に与えられた唯一つの安楽の世界、極楽なのだ。天国は万人に対して全て平等、対等、格差は無い。天国は永遠に天国だ。病気になる事はない。災害、災難に遭う事もない。働く必要もない。家族に対する心配事もない。人間世界の苦なる世界が無いから天国だ。

大きな難関は天国の故郷に入るまでの時間とその経過の仕方だ。最良の死に様は何の苦痛もなく即死するのが良い。ポックリ死である。昨日は誕生日で小生にとっては人生で最悪が始まった日だ。依って厄日なのだ。今日なる一日を生きて居たくない。一日が非常に長い。昨日までの人生八六年と較べて考えてみると今日なる一日の方が長く感じるものだ。一時間、一〇分、一分、一秒も生きて居たくない。生きて居たくない心地で生きて居るのは真にもって苦痛そのものだ。

朝の目覚めは本当に辛い。一日を生きなければならない。食事もしたくない。食欲もない。一日生きておれば寝るまでやる事が発生する。一つひとつの動作が出来ないのだから苦痛そのものだ。八六歳の手前の七月頃から急激に体力が低下して立って居るのも大変で、体がふらついて常時ころびそうだ。僅かな距離数メートルを歩くのも手すりを握らないと危ない。手も足も動かない。直ちに只今にも天国に戻らなければならない。

奇快人の小生は八一歳の後半に前立腺肥大症なる病気になった。この時点で人生をお終いにしようと考えた。四年半の長きに亘って生きて来たのは女房が居るからだ。女房は小生が居ないと生きて居られない。だから努力して生きて来たが、ここまで体力が低下するとこれも限界になって来る。

最後の最後まで女房を守ってやるのが奇快人の使命と考え四年と半年を生きて来たのだ。この四年半になる長時間、女房を世話し面倒を見て来た。女房は何でもハイハイと答える子供だから本当に素直で可愛いものだ。女房殿は「生仏《いきぼとけ》」になっている。如何なる悩みも全く無い。顔を見てみると本当に穏やかな表情で仕合せそのものだ。四年半近くの年月、妻の面倒を見て来た。子守と親の役目をするとは考えていなかった。女房に対して充分な恩返しが出来たと自負し満足している。

一つだけ残念なのは今の体力ではお終いまで世話してやるのはかなり困難だ。女房殿は何も考えない、考えられない状況だが、小生が死んで居なくなるのが判らないだろう。何時も側に居て何でも手伝って呉れる存在であると思っている。生きて居てはいけない人生を生きて居るのは心から苦痛だ。人生は無いのが真の強運だが、お終いの晩年になって俗欲の世界を完全に脱出した奇快人も、天国に戻るまではその寸前まで悩みがある人生だ。人間が人間である限り万人に共通する公理なのだろう。

人間共が演じて居る狂った世界の狂人達の姿をもう視たくない。一秒たりとも生きて居たくない。一日を生きて居るのは大いなる苦痛だ。一日二四時間が長い長い時間だ。時間は伸びたり縮んだりする。通り過ぎし時間は一〇〇年も一秒も同じ様なものだ。意識していると時間はゆっくりと遅く進行する。何も意識しない時間、何事かに夢中になっている時間、その様な時間は最速で去って行く。

一日が非常に長い。一〇分、一時間も物凄く長く感じるものだ。夜中に目覚める事が良くある。午前二時か三時頃、あるいは五時前後に起床して一時間を過ごしてまた床に就く。午前七時に起きて、奇快人の生きて居たくない苦痛な一日の始まりだ。

小生は一〇〇年を一秒と計算して生きて居るので二時の目覚めと五時の間この三時間で一〇八万年、生きたのと同じなのだ。一〇〇年を一秒として計算すると一時間は三六万年、一日二四時間は八六四万年となる。人類の歴史七〇〇〇万年よりも長い事になるではないか。一日を生きて居られるのは悠久の時間である。故に一日を大事にする事だ。

そして一秒先も未来は如何なる保証もない。現状の世界は「明日なる未来が無い」状況下にある。奇快人の小生は一刻も早く天国に戻らなければいけない。長らく待っている天国の大王が奇快人夫婦の入場を心待ちしているだろう。

天国は万人に対して永遠に天国で変わる事はない。極楽は天国のみだ。天国に入るまでの道のりは大半の人生は地獄の苦しみの中を通って天国に入れて貰える。天国に入るまで地獄を通らないお終いこそが真の強運そのものだ。天命を待ってのお終いも宜しくない。何故ならば一日が一時間、一〇分も生きて居るのが苦痛なのだから、天命を待つのは自ら地獄の世界を長時間に亘って過ごす事になるからだ。

奇快人の小生は人生について如何なる未練もないし思い残す事も全く無い。唯々、即、嬉自死を決断し実行するのみだ。人類なる種族は狂った世界を作って狂った狂人となって今も生きて居る。世界中で繰り返し毎日発生する凡ゆる争い事や戦争は、人類なる種族が能力、知力そして心の進歩が出来なかったからだ。その様な現状をこれ以上は眺めたくないものですぞ。

（二〇二三年八月二一日）

地獄から天国への道

——天国から地獄に戻る事はない

人類なる種族の人間共は万人が愚かな侭で生涯を終える。人間共に与えられた「死」なるお終いの天国という帰る故郷が存在するのが唯一つの救いである。人生は「苦界、苦の世界」でしかない。これは万人に共通する不変の公理だ。人生は「災難」だ。大半の人生は暗い光の無い長いトンネルの中を彷徨い続けて天国に戻るのだ。

昔話の「かぐや姫」は雲に乗って月に戻って行く。武士達が矢を射て阻止しようとしている姿を描いて居る。この物語はなかなか良く出来ている。高貴な人物の死を阻止しようとする人間達の願いが込められているのだ。如何なる手段をもってしてもお終いを阻止する事は出来ない。

「始まりがあればお終いは必ずある」

八〇年と半年位の年月を竜宮城で過ごして来た。健康そのもので何一つとして困る事はなかった。当たり前の事が当たり前に出来た。即ち天国に居たのと同じだ。竜宮城に居る間は天国を感じる事は出来ない。天国と地獄は表と裏の関係でお隣さんなのだ。地獄の側から見ると天国はスッキリと視える。天国が良く視えるには地獄の世界のその苦しみや想像も付かない激痛の世界を体験しないと判らない。

奇快人の小生は何度も死地に立って地獄の苦しみを何度も味わってきた。地獄の体験が判らないと死なる現実を理解するのは困難なのだ。毎日、今日なる一日は地獄の世界の住人だ。一日を生きて居たいと思った事はない。何故に生きて居なければならないのか自問している。人間なる愚かな存在は死を誰もが恐れている。死にたくない、長生きしたいと考えて居る。人間共の愚かさを証明している。

人生とは死ぬ為に生まれて来た存在だ。生時有限、生者必滅の世界だ。栄枯盛衰も世の常だ。諸行無常の世界が人生だ。死にたくないと願って居る輩は今なる今日も天国に居るからだ。竜宮城の中に居る間が天国だ。天国に居る間は死なる現実について何も考えないのが俗人なのだ。一〇〇歳まで頑張って生きて居たいと願って居るオメデタイ人も沢山いる。この様な人々は全員が只今を竜宮城に居るからだ。

人生は何人も老若男女を問わず一秒先の未来は判らない。人は生きて居るのも死ぬのも定かでない。生きて居ると思えば死ぬ――中国の古代思想だ。奇快人の小生は今も何故に生きて居るのか、毎日いつも頭の中で考えて居る。この先の未来は奇快人に限らず人類にとって「明日なる未来」について明るい見通しは全く零だ。

これから先に起こる現実は「暗黒世界」の現実しか待って居ない。一日を生きて居るのは地獄の世界だ。地獄の世界からの脱出は故郷の天国に帰るしか道はないのだ。

（二〇二三年八月三〇日）

奇快人語録

人生はないのが唯一つの強運だ

人生なる生涯は災難でしかない

人生は許されざる存在なのか

人生は善か悪か

人生は何故「苦界、苦の世界」なのか

人生は黄昏領域、暗黒世界なのか

人生は天国を出発して天国に戻るまでがその生涯となる

人生は如何なる人間も一秒先の未来の保証はない

人生は生きて居ると思えば死ぬ　生きて居るのも死ぬのも定かでない
万人が自らの命が今日とは思って居ない

人生は死ぬ為に生まれて来た生涯だ

人生とは生時有限、生者必滅の世界だ　お終いがあるから救いがある天国だ
お終いがなければ地獄だ

人生は天国と地獄の世界を身体に巻き付けているものと思うべし
天国に居る時間で天国を感じない　地獄側から視ると天国が良く視える

人生は一秒先の未来は不明である　暗黒世界だ
突然に起こる不慮のお終いは誰もが考えていない

人生で何故に生きて居るのか　未来が判らないから生きて居られる
未来が判明したならば生きて居られない

人生でお終いを喜ぶ人間は一人も居ない　人生が災難ならばお終いは早い方が善だ
常識なる考え方は捨てるべきだ

人生でお終いの天国は万人に対して平等　対等　格差の無い永遠の天国だ

人生一〇〇年時代と表される不幸社会だ　人生は「一場の夢」だ
一〇〇年も一〇〇〇年……も過ぎし時間は零でしかない
一〇〇年を一秒で計算すれば一時間は六万年だ　一日二四時間は八六四万年となる

人生は不可抗力なる運命に支配されている
運と命は一本の線の両端だ　人に生まれしは大博打である
天国を出たその瞬間からの格差はどうにもならないのだ

人生は表街道と裏街道の世界である　強運の持主は天国を出て天国に戻るまで
表街道でお終いを迎える生涯もある
反対に天国を出たその時からお終いまで裏街道しか知らずに不運な人生が多い

人生一〇〇年時代　老人社会は不幸なる世界
「死に体」で真ん中の「に」を取れば死体だ　天命を過ぎて生きて居るので
「死体が生きて居る」と同等だ　良い事は一つもない

人生のお終いは「嬉自死」なる心地で天国に戻るべきだ
嬉《よろこ》んで自ら天国に帰るのは極上ですぞ

一〇〇年の人生も終わって仕舞ったならば
その人生が存在したのかどうかも定かでない
夢は二度と見る事が出来ない

（二〇二三年三月一五日）

一日を生きて居られるのは奇跡だ　一日を生きて居られるのは天国だ
朝が来る、そして昼が来る、夜が来て翌日が来る　平凡な退屈な間が天国なのだ
天国も地獄も自らの心の中にある

通り過ぎた時間は全て零だ

不慮なる死も万人に対して平等に訪れるのだ
老若男女そして元気な若者も一秒先の未来は判らない
苦労していられる年代は人生の華である
何故ならば未来があって時間の計算が出来るからだ

ケチな奴　腹どす黒く　情けなし
日本人　砂利と同じで　区別なし

文明社会は前進するほど不幸、不便な世界となる

文明社会の頂点はデジタル時代だ
デジタル社会は愚かな人間共が自ら考える事を放棄する

高齢者六五歳以上の人達は如何なる事を考えて居るのか　何故に生きて居るのか
苦界を超越して人生を楽しく生きて居る人々はどれ位いるのだろうか
大半の人々は何も考えて居ないから生きて居られるのだ

人間の仕合せ、幸福とは如何なるものか　最上流の煌びやかで優雅な生活は
真から仕合せ、幸福なのだろうか

頂点も底辺も所詮は「苦界、苦の世界」は共通なのだ
但し苦労の質が大きく違っている　質が違っても人間の苦労には変わりがない

人間なる生き物は天国に戻る寸前まで苦界の中に居る
悩みや苦労、苦痛そして苦難の渦中にいる存在だ

人生で万人に訪れる不慮の死は万人に対して格差なく訪れる
この突然に訪れる死は老若男女に関係ない　不慮の死は善か悪か
この判断はかなり難しい　深く考えれば善なる考え方や判断もあるのだ

（二〇二三年六月二二日）

追記　石原慎太郎氏を偲びつつ

天界の住民なる奇快人が人生のお終いの「死、命日」について死生観を作家石原慎太郎の絶筆「死への道程」と比較しながら小生の絶筆として記してみた

作家石原慎太郎氏と奇快人の小生とでは「死」に対する考え方、感性に大きな違いがある。石原氏は生涯を通して多くの作品を発表して世間からの評価も高い作家だ。そして小生も尊敬している一人だ。

彼はその作品の中で中心的な存在である「死」と真剣に格闘して来たのだと考えて居る。奇快人としての小生の「死生観」は、「死、命日」を人生の最良の日と定義した事だ。世界広しといえどもその様に考えるのは奇快人が唯一人だろう。だから命日は祝宴を行うべきと主張して来た。これ程の正解は無いのですぞ。

世俗の世界ではもっと長く生きて貰いたかったといって哀悼の意を述べるのが常識だ。御愁傷様と言っている。これは実は「残酷」なのだ。奇快人の小生は世間の常識なる範疇

で物事を考えた事が無い。

二〇二三年の今年も大江健三郎氏を始めとして松本零士氏などの有名人が亡くなった。どの世界の有名人、著名な人物も現状は大半の人々が病院で亡くなって居る。病名と死亡した日時と年齢は報道されているので判る。石原氏の様に死に直面して覚悟を決めてからの心情について書き残すのは稀である。

石原氏も奇快人の小生も戦前生まれの同世代人なのだ。石原氏は小生よりもほぼ五年先輩だ。石原氏の「死生観」が多分九九パーセントの人達と同じだと考えて居る。石原氏の「死生観」は日本人の死生観といっても間違いないだろう。奇快人たる小生の考えは石原氏と根本的に全く異次元の価値観である。その原点は「人類は生存するべきで無かった存在である」、この考え方が原点にあっての「死生観」だ。

人生は無いのが唯一つの強運だ。人生は災難だ。災難は避けなければならない。故に「短命こそが善」だ。その様な思考をして生きて居る。短命が仕合せ、そして善。竜宮城中にいる間に故郷の天国に帰ったならば極上の人生となる。竜宮城の中とは元気で健康な身体機能が働いている年月である。当たり前の事が当たり前に出来る。何時でも何処へでも自由に行く事が出来る。動物としての機能が働いている間は生きて居るだけの存在価値がある。
現状のニッポンは人生一〇〇年時代となって不幸社会を自ら進んで作って仕舞っている。その現実に対しての認識は余りにも無い。一〇〇歳まで頑張って生きて居たい。この様なオメデタイ人達が大勢いる。何故か。六〇代、七〇代、八〇代、九〇代でも当たり前の事が当たり前に出来ているからだ。この様な間は死について頭の片隅にも浮かばない。「長寿は罪悪」なる考え方は「正解」なのだ。

小生も今年八六歳となって今や本物の老人だ。奇快人の唯一つの不運はこの年まで生きながらえている事だ。人生五〇年満期説が持論である小生にとって三六年も超過している。数度に亘って「死地」に立っているが天国には入れて貰えなかった。病の苦痛で十数時間も激痛の中で一夜を過ごした事もある。病院での応急処置で苦痛から解放された。その時は真から天国だと心から思った。全ては長寿が原因だ。幸運にも恵まれて五〇代でも六〇代でも元気な内に天国に帰って居たならば強運というものだろう。

世間の常識では「死地なる境遇」を脱しての生存は運が良いと評される。この様な常識は考え方を変える方が良い。「人生は許されざる存在」だ。人生は悪であると考えるべきなのだ。許されざる人生は「災難」だ。

六〇歳の時に一度だけ救急車の中に居た事がある。サイレンの音で何だろうかと考えてみるとレストランで飲食が終わって立ち上がろうとした時に意識が無くなり倒れたのだ。この時は如何なる苦痛も無かった。仮にも強運であったならば何の苦痛も無く天国に帰れていたのだ。全くもって残念至極となった。元気な内の「ポックリ死」こそが最強の人生だ。

人生での諸悪とは長寿である。凡ゆる生物には天命が定まっている。人生一〇〇年時代はこの神聖な天命を操作して延命した。ひたすら唯々、苦労、苦痛、苦難を招き苦しみの中でお終いを迎える世界を作っている。賢くない愚かな証だ。人間以外の生物は全て天命に依って決まった時間を生きて天命なる時間で天国に帰って行く。天命で生きて居る時間も全て天国の住民なのだ。死に対して恐れを抱き恐怖を感じるのは人間共だけなのだ。

天命は神聖なものでなければならない。神聖な天命を蹂躙した人間共は自ら地獄の苦しみを味わう事になった。にも拘わらずその様な認識は全く無い。僅か一〇〇年前までは人生五〇年が定説であった。「人生五〇年」が神聖な天命なのだ。

二〇世紀の初期までの平均寿命は西欧の大半の国で三七、八歳位であった。縄文時代の一万三〇〇〇年位前の縄文人の平均寿命は二七、八歳位であった。人口学者はそう推定している。寿命が延びたのは戦後の七八年の間に、老人社会が出来た。

天命で生きて居たならば老人社会なる不幸社会は存在しない。戦前までの人生は五〇年が数百年は続いて居た。現在から見れば「短命であったがこれこそが本物の仕合せ、幸福な時代」であったと考えるのが正解だろう。天命に逆らう事なく生きて居たからだ。

明治や大正時代そして昭和の一〇年位までの人生は病院で亡くなる人達は少数であった。二〇代、三〇代で亡くなった有名人も数え切れない程だ。朝は朝星、夜は夜星の世界で明るい光が有る内は働き通しの一日だ。そして全て人力だけで生きて居た。働けなくなった時が天命となって病気などと付き合っている暇など無かった世界だ。

現状の社会は医療行為に依って天命を大幅に延長した。延長した命の時間を病魔君と同居して病院なる牢獄で過ごす人生となった。寿命が延びて長生きするようにして仕舞って、有ってはならない老人社会なる不幸世界を作った。寿命が長くなる事が文明社会での進歩、進化と考えて居るのが、人間共が賢くない愚かな証である。天国に帰るべき時間を操作して、延長するのは、大局的には人生に対する犯罪だと奇怏人の小生は考えて居る。

一つの利便は二倍、三倍の代償の支払いを迫られる事が判らない。「過ぎたるは及ばざるが如し」謙虚さを忘れそして義理人情を無くしても前へ進むのが唯一つの道と考えて居る人間共は全ての道が「袋小路」の中で脱出は出来ない。即ち「全ての事象の頂点」に達して滅び行く運命なのだろう。

石原慎太郎氏は「死への道程」の中で「私は誰はばかる事なく見事に死んでみせる」と記している。小生から見るとかなり気負っている、そう感じられる。余命三ヵ月と宣告された時の心境について身が引き裂かれる思いになったと記している。石原氏は未だ一、二年は生きて居たかったのだろう。そう考えるのが正しいと小生は考えて居る。死への道程とその肌触りは人間の神経や予感さえも狂わせ兼ねないとも述べている。

氏は自らの人生を振り返って自分は比類のない「私」として歪んだ人間として生きて来た、と正直に告白している。お終いに事ここに及んで自分が神仏に縋る事はその苦しみだけは何とか軽減して貰えないかという事だ。彼も安楽死、ポックリ死で苦痛の無い死に様で天国に行く事を望んだのだろう。

そしてお終いに氏は自分をも慈しんで死んでいきたいとその心の中を正直に吐露している。奇快人の言う「嬉自死」に通じる考えを記している。

この四年間に亘って原稿を書いて来た。実を言うと原稿を書かせたのは他ならぬ病魔君なのだ。二〇一九年五月の初めに「前立腺肥大症」という泌尿器科の病気になった。医師からは死ぬまで治らないと宣告されている。これまでの全文を読んでみると悲観論だと、俗人の側から見れば感じるだろうが、奇快人の小生は至って呑気なもので楽観論者である。生涯に亘って道楽三昧の人生を謳歌して来た。自慢できるとするならば日本人に特有の「形式文化、形式社会」に全く左右される事なく生きて来た。実はこれが大変に困難なのだ。

常識や習慣、しきたりを度外視して生きて来た。故に何処に居ても変人、奇人、ケッタイな人間として評されていたのだろう。気にした事は一度も無い。世俗、俗界の世界に居なければ人生は意外と楽しく暮らせるものですぞ。但し俗界の住民にとってはこの様に考えるのは大変に困難だ。周囲の事に気を使っていなければ生きて行けないのが日本人だ。全員が「形式人間」の集団である。

古典落語に「饅頭こわい」なる話がある。奇快人の小生にとっては「朝の目覚め」こそが一番恐ろしいのだ。朝の目覚めが無ければ極上の人生だ。苦痛が無く天国に帰る事が出来るのは最強の幸運なのだから。「毎日が命日」だ。天国に帰られるのが唯一の楽しみだ。「嬉自死」こそが良き道であると考えて一日を生きて居る。

人生のお終いの死、命日を楽しく考えて居る日々を送っている人達は居るのだろうか。

多分、奇快人の小生唯一人だろうと考え、そしてご満悦なのだ。今日なる一日を生きて居られるのは全て奇跡に過ぎない。明日なる一日を生きて居られるのも全て奇跡に依って守られているからですぞ。人間共は愚かだ。自力で生きて居ると考えて居る。森羅万象、社会万般の事象の全てにお終いが有る。「お終いの無い始まりは無い」これは宇宙に於ける不変の公理である。

そして全てに於いてお終いが最も重要なのだ。この不変の公理は非常に重要なのだ。お終いが無ければ「苦界、苦の世界」に固定されて仕舞って地獄の世界から出られない。暗黒世界が続く事になるからだ。人生なる生涯は死なるお終いをもって苦界から楽界、即ち安楽の世界に入れて貰えるのだ。

天国とは良く考えたものだ。先人達に敬意を表したい。現代人は誰もが死を恐れ恐怖を抱いている。故に死について考えようとしない。愚かな事だ。考えなくとも生時有限、生者必滅も公理であって逃れる事は出来ない。人生のお終いの死は天国なる永遠の安楽の世界が待っている。これ以上の喜びはないと考えるべきだ。人間達は万人が苦痛の無い安楽死を望んでいる。如何なる苦痛も無く天国に行く事が可能であるならば天国は大繁盛だろう。お終いの死に淋しさや恐れがあるのが人情というものだ。

水戸光圀も辞世で、

ほととぎす誰も一人は淋しきに　われを誘へ死出の山路に

と詠んで居る。

光圀ほどの人物でも淋しさや恐れがあったのだろうかと小生は考えて居る。

ここで改めて視点を変えると、不老長寿なる世界があったならば大変な事になるだろうとも奇快人の小生は考えて居る。石原慎太郎氏と奇快人の死生観が全く異なっているのは何故か。余命を宣告されて石原氏は身を引き裂かれる思いであったと記している。ガッカリして落胆し悲観するのが人情なのだろう。「これからも未だ生きて居たい」と考えて居るからだ。一日でも一週間、はたまた一ヵ月、一年も生き長らえたいと考えて居るからだ。ここが根本的に奇快人と異なっている。

奇快人の小生は一日でも一時間、一〇分、一秒でも生きて居たくない心境で生きて居る。余命はいらない存在の考えでいるからだ。それ故に長寿は罪悪なのだ。人生一〇〇年と称されている。老人社会の到来だ。天命を過ぎて生きて居る世界は死体で生きて居るのと同等なのだ。天国の住人たる人間を無理矢理に現世に滞在させるのは犯罪と同じだ。本来ならば老人社会は有ってはならない存在である。

人生一〇〇年時代なる老人社会を作った事が、人間共の賢くない愚かな産物に過ぎない。然もだ、人生一〇〇年時代や文明社会が生んだ豊かで便利な結果として評価している姿は、一方で憐れでもあるのだ。老化、老衰の体で生きて居るのは地獄の世界と同じ様なものなのだ。地獄世界での住民は早く辞めるのが望ましい。老化なる現象は一刻も早く天国に帰って下さいという自らの体が発している信号サインなのだ。

一日を生きて居るのは一悪、二悪そして巨悪の世界だ。八一歳の時に病魔君が同居する様になった。医師からはこの病は死ぬまで治らないと言われた。この時点で小生は死なる天国に帰るのを心に決めた。そして五年近くも生きて居る。生きて居たいと考え、そして思った事は一度も無い。

奇快人の小生が一人であったならば五年近く前に故郷の天国に帰って居た筈なのだ。五年近くも生きて居たくない世界で生きた。そして「生きて居たくない世界」になっている。余命あと一日ですと言われても結構です、直ちに参りますと即答するだろう。俗人の世界では誕生日を祝うのが普通だ。小生は「誕生日は忌日」なのだ。

この五年間、誕生日が来る前に天国に帰りたいと願って居たが諸般の事情でやむなく今日を生きて居る。奇快人の哲理は「人生は災難」だ。人生は許されざる存在だ。この考えが小生の信念である。人間で在る前に動物としての機能が働かなくなっている。天命を超えているからだ。老化、老衰の体はその年になって体験しないと理解は出来ない。老化に依って起こる病気は治らないと考えるべきだ。病魔君は今日にもう一人訪れて一緒に同居する可能性は大きい。老人社会は不幸社会でしかない。

この様な体験をするならば生きて居たいなどと願う人物は居ないだろう。この浮世に全く何の未練も無い。思い残す事も無い。道楽三昧の人生を充分に存分に楽しんで来た人生だ。信長の辞世の歌でないが人生は夢か幻か。人生はやはり一場の夢なのだろう。奇快人の絶筆です。

（二〇二三年一〇月五日）

おしまいに

「死に体」で生きて居る。生きて居たくないのに生きて居る。そして生きて居たくない世界になっている。一方で生きて行けない世界を作った。人生は許されざる存在である。人生は災難だ。災難から逃れるには天国に戻るしかないのだ。

故郷の天国が在るのが人間共にとって唯一つの救いであり夢である。

人類なる種族は地球上で如何なる存在であったのだろうか。改めて考えてみる必要がある。地球上で最後の最後のドンジリで誕生した最弱の生き物だ。自然環境の中で適応して生きられない。生きる為に文明社会を作った人類なる種族は、なぜ生物史の中で最短最速で自ら「生存が出来ない世界」を作って自らの生存を否定する事になったのだろうか。

生物を創造した神々は最弱生物なる人間共に生きる為の多くの能力、知力、そして知恵を授けた。そしてその心、精心の中心に優しさ、思いやり、助け合う、相互扶助、信頼するなどの多くの利点を与えた。自然との共存、共栄、共立を重んじた謙虚さを与えた筈であった。何事も「程ほど、腹八分目」の分別を教えた筈なのだ。

仮に人間共が二〇〇年～三〇〇年前の生活水準で満足して、自然との共生を続けていたならば、末永くこの地上で生存が出来ただろう。

文明社会を作らなかったならば現在の如何なる不便も障害も発生しない。文明社会が作った一〇〇の利便はその二倍、三倍の代償を伴う事について知ろうとしなかった。結果的に「生物として生存が出来ない世界を自らの手で作った」のだ。現状の人間世界は「死界、死滅」しているのと同等になっている。認識しようがしなかろうが絶滅危惧種としてのお終いを迎えている。

人類なる人間共が生き残る唯一つの道は文明社会を作る前の生活水準を維持する事に依ってしか生き続けるのは出来ないのだ。今日がある、そして明日も一年、　〇年、一〇〇年……と未来が存在する世界は昔の儘の自然体で動物として恭順に素直に自然界と調和して生きるのが最善なのだ。

人生のお終いを迎えて天国の入口の扉に手を掛けている。直ぐにも今にも中に入って人間界を卒業したいと毎日、そして何時も考えて居る。一日が非常に長い。一時間も一〇分も悠久の時間だ。生きて居たくない心地はなぜ生じるのか。結論を言えば「未来が無い」からとなる。

未来が無いとは今日なる一日も明日なる一日も無い世界だ。竜宮城内に居る間は俗界、俗欲の世界だ。故に未来に対して希望や夢や目標がある。欲が有る内が人生だ。生きて居てはいけない人間が生きて居る。天国の住人が浮世に居るのは土台無理があるのだ。何故ならば未来は現実の「暗黒世界」だからだ。長寿は罪悪でしかない。短命は最高の強運なのだ。

辞世の詩

奇快人の小生も天国なる故郷に帰る事にした。奇快人を天界人にして呉れる犯人は誰なのか。テレビ、映画で絶大の人気があった必殺仕事人シリーズがある。その主役を務めた名俳優の藤田まこと演ずる中村主水なる人物が登場する。天界に送り出して呉れる犯人はこの中村主水なる怪人だ。中村主水役の奇怪人が本物の奇快人を天国の閻魔大王の国へ案内して呉れるのだ。天国の閻魔大王は大歓迎して呉れるだろう。

天界人になるのは人生でお終いの最良の良き日だ。俗世、俗人、欲人の居ない世界は天国のみだ。天国は永遠に天国で変わる事は無い。一度、天界人になったならば天国を追い出される事は無い。「愚人」なる人間共にとって天国の存在が生涯で唯一つの救いであって、また希望であり夢である。天国が無ければ人間共は何時までも暗黒世界の住人で地獄の中だ。

奇快人なる老人は一年前の著書の中で自らの死亡広告なる一文を記して居る。二〇二四年の早い時期に出発するのは大きな喜びだ。天国への道程は様々だ。そのお終いの死に様も並のものでは奇快人らしくない。如何にも彼奴が彼奴らしい方法で天国に帰って行ったと思える「死に様」が重要なのだ。

この事は最後のお終いの結末を視て判断して欲しいと考えている。三島由紀夫以来の二大奇死となるだろうか。

二〇二四年三月

岩石院独行正道居士

奇快人　河口正夫

著者プロフィール

奇快人（きかいじん）
昭和 12 年　愛知県に生まれる
昭和 34 年　名古屋電気短期大学卒業
昭和 34 年　機械工業新聞社入社
昭和 37 年　北陸支局長に就任
昭和 40 年　日刊工業新聞社（東京）入社
昭和 50 年　帝国興信所（現・帝国データバンク）本社入社（2 年契約）
　　　　　　データバンク移行に伴う初代マネージャーに就任
昭和 52 年　日興証券の子会社に入社
昭和 63 年　退職
静岡県在住

既刊書『人類は地球上に生存が許されざる存在になった　全ては人間が「過去や未来を考える動物」だからだ』（2022 年　文芸社刊）
『人類は二一世紀末まで生存が可能かどうか　答えは否だ』（2023年　文芸社刊）

人類は自ら生存が出来ない世界を作った
再び蘇る事は無い

2024年 5 月15日　初版第 1 刷発行

著　者　奇快人
発行者　瓜谷 綱延
発行所　株式会社文芸社
〒 160-0022　東京都新宿区新宿 1－10－1
電話　03-5369-3060（代表）
03-5369-2299（販売）

印刷所　図書印刷株式会社

ISBN978-4-286-25324-4